U0102917

源与缘

闽台民间风俗比照

主编　焦红辉
撰稿　方宝璋

海风出版社
HAIFENG PUBLISHING HOUSE

目录

Contents

第一章

绪论：闽台民俗随想

祈　摄影/蒋长云

闹灯会（福建）　摄影/徐学仕

第一章

绪论:闽台民俗随想

所谓中华民俗，实质上是一种以旧式农业民俗为主体，包含一定的游牧民俗和海洋民俗的混合体。中国东临太平洋，境内高山、丘陵、高原、平原、盆地、江河、湖泊、岛屿交错纵横。在广袤的幅员中，南北冷热、东西干湿差异很大，天然植被从东南向西北，呈现出森林、草原及荒漠三个地带。复杂的地形、土壤、气候和水文环境构成了千姿百态的区域民俗特色，互补地表现出不同条件下的生存境况和心理状态，汇合成汹涌澎湃的中华民俗洪流。这股洪流是一体和多元的统一，是多成分多层次的有机复合体。

中华民俗的区域划分是多层次的，从最大层次看，可分为游牧民俗区，海滨民俗区和农耕民俗区。游牧民俗区大致在长城以北。中国古代近代作为单一的海洋民俗区似乎没有，其海洋民俗往往与农业民俗相结合，我们姑且称其为海滨民俗区，大致在东部、南部沿海一带。这两个地区之间辽阔的地带均为农业民俗区。衡量这三个民俗区在古代历史上所拥有的面积、人口、自然资源以及文明程度等，后者显然具有较大的优势，是中

闽南(福建)　摄影/黄福坤

台南(台湾)

华民俗的主体。因此，在中国历史上长期占据支配地位的民俗文化，当是以传统的小农型自然经济为基础，以儒家思想观念为指导，融合其他各种学说观念而逐步形成的。

如果再进一步辨析三大区域内部民俗的不同点，我们还可以在第二层次上加以细分。如游牧民俗区又可分为新疆、内蒙古等比较单一的游牧民俗区和东北、宁夏等半农半牧民俗区。海滨民俗区主要指吴越、闽台、岭南，它们大致都是先进的中原民俗逐渐取代土著的越族民俗，但越族民俗中的某些成份却被保留下来，又揉合进海洋民俗的产物。这种混合在各区域不同自然环境、社会结构和历史条件的作用下，形成大同小异的民俗面貌。农业民俗区中的秦陇、三晋、中原与西北游牧民俗区毗邻，齐鲁东连大海，黄河把四个民俗区域连成一体，构成华夏民俗的摇篮和核心地带；吴越、荆楚、巴蜀则是长江流域民俗的核心地区，在秦汉之前有着与黄河流域不大相同的面貌。黄河流域民俗与长江流域民俗在漫长的历史长河中不断融汇，构成中华民俗的主体，并向周边地区辐射。除此之外，云贵、青藏等则成为历史上农业民俗和游牧民俗冲突交汇的避风港，在高山峻岭、幽深缅冥中保留了古老文化的原态。

台湾与大陆最为接近的地点是福建，隔台湾海峡相邻，其最窄处只有130千米，福州与基隆港之间的海程也仅180千米，而福州与闽北重镇邵武之间的距离便有300多千米。而且，台湾海峡中间还散布着许多岛屿，其最有名者即澎湖列岛，因此，即使在木帆船时代，两岸海上交通还是十分便利的。而与此不同的是，台湾东临浩瀚的太平洋，南界巴士海峡，与菲律宾遥遥相望，东北方与琉球群岛遥相呼应。这样的地理位置决定了古代台湾与这些地方交往远不如福建方便，因此，古代台湾主要通过福建接受大陆的文化。明清时期，福建地狭人多，遂利用这一有利的海上交通条件，大量移民台湾，并在与福建相似的环境中生息繁衍，保持着移民原有的风俗习惯，构成闽台同一民俗区。

福建和台湾大致处于同一纬度，福建约处于北回归线至北纬28°之间，台湾本岛则约处于北纬22°至北纬25°之间，位于我国的东南沿海。由于受季风影响显著，气候暖湿，雨量充沛。福建年平均气温从西北往东南，由17℃递升到21℃，年平均降水量1200至2200毫米。每年5至6月降水最多。台湾年平均气温从北往南，由20℃递升到24℃以上，年平均降水量多在2000毫米以上，东北部的火烧寮高达6000毫米以上。东北部的降水多集中在12月至次年3月，西南部多在6月至9月。闽台是遭受台风影响最多的地区，尤其台湾居全国之首。这种气候适于种植稻米、甘蔗、花生、茶树、柑桔、香蕉、荔枝、龙眼、菠萝等作物。沿海及岛屿等沙质贫瘠之地，则适于大量栽种番薯。闽台沿海浅水滩湾，水质肥沃，且地处暖流和

湄洲妈祖祭奠盛况(福建)　摄影/徐学仕

闽南小吃（福建） 摄影/蒋长云

寒流交汇地，海产资源十分丰富。其中较具地方风味、最受百姓欢迎的有牡蛎、泥蚶、蛏、蛤、贻贝（淡菜）、虾、黄花鱼、加腊鱼、鲳鱼、马鲛鱼、带鱼、乌贼等。闽台江河溪流纵横，池塘陂圳星罗棋布，淡水鱼产也十分丰富。如著名的淡水鱼有鳗鱼、鲢鱼、鲫鱼、草鱼、鲤鱼、鲶鱼以及虾，水田间有泥鳅、鳝、螺等，溪涧潭壑中有鳖、蛙、蛔（棘胸蛙）等。闽台多山，森林资源丰富，松木、杉木、樟、红桧、毛竹等分布广泛，山区盛产笋干、香菇、樟脑、木耳、松香、药材等。这种地理环境使中古时期中原移居福建的居民在饮食上不得不就地取材，靠山吃山，靠海吃海，放弃食麦粟黍稷的习俗，而改为“饭稻羹鱼”，辅以甘薯。在服饰上，海外木棉传入之前，则以葛茎为主要衣料，凉爽透风；各季衣着从简，单衣、短裤、赤足形成最鲜明的亚热带服饰景观。在居住方面，中原移民在建筑材料方面除采用传统的土木外，还因地制宜，大量采用当地优质的石材。并且，为适合南方湿热的气候，抗御风大雨多，其民居大都柱高、梁大、墙厚、宅深、通风。在旅行交通方面，一些中原移民承袭了闽越族“水行山处”的习俗，弃马行船，来往于江河湖海。

食衣住行是各地风俗受地理环境影响最为明显直观的表现，中原人民移居福建，为了适应新的地理环境，不得不“入乡随俗”，对其中一些习

闽西民居(福建)　摄影/周跃东

俗进行调整，形成了某些地方有别于中原旧习俗的而具有福建地方特色的新习俗。这种新习俗明清时期随着大量福建人移居台湾而带到台湾，在与福建相似的地理环境中几乎没有改变地保留下来，并迅速取代高山族民俗居于主体主导地位，闽台从此成为同一风俗区。

福建山岭重叠，尤其是与江西、浙江交界的武夷山脉和仙霞岭突然崛起，成为人们往来的自然障碍，台湾又为海峡所隔，而且与中原相距遥远，因此，在古代交通条件的限制下，北方人民要进入这一地区比较困难。这对闽台民俗的影响主要有两个方面：一是这样的环境使闽台在接受中原民俗上较为缓慢，发展也较迟。如闽台与吴越相比，吴越位于中华文化中心附近，比较直接吸收中原民俗，春秋时吴越争霸就已受中原民俗的影响很深，秦汉时期，中原民俗已在这一地区取代吴越民俗而居主体地位了。而福建则在两晋时期才受中原民俗的影响，到宋代中原民俗才在这一地区成型，并形成地方特色。明末清初，福建人大量移居台湾，福建民俗才逐渐取代了台湾高山族民俗，成为台湾的主体民俗。二是闽台在明清之前是相对安定的地区，很少卷入北方动荡的漩涡。中国古代北方是

小小阵头舞者(台湾)　摄影/梅志建

庆丰收(台湾)
摄影/梅志建

农牧冲突交汇的地带，而且是历代王朝政治斗争的中心，各民族各地区政治力量称雄争霸，逐鹿中原，农民起义席卷黄河南北。动荡不安的环境，往往造成民俗上超常态的变化。与此相反，中原民众多次移居福建后，在安定的环境中相对稳定地保留了中原民俗的原型。如有关民俗方面的词汇，许多在北方方言中已荡然无存，而它们却在闽台方言中保存下来。如“筷子”称“箸”、“屋子”称“厝”、“锅”称“鼎”、“夜晚”称“冥”、“书”称“册”、“男子”称“丈夫子”等。闽台婚姻习俗中议婚、订婚、迎娶、完婚、回门等滥觞于儒家传统的“六礼”，相当古老悠久。闽台葬俗中的搬铺、举哀、报丧、小殓、服丧、守灵、大殓、出殡、下土、做七等，大部分深受朱熹《家礼》的直接影响，有的还可追溯到先秦的礼制。其繁文缛节，世所罕见。闽台岁时年节中的许多习俗，如元宵节赏灯、中元节祭鬼、重阳节登高饮菊花酒、除夕围炉守岁等，也都是相当古老悠久的习俗，被比较完整地保留下来。

台南大唢呐乐队(台湾)　摄影/焦红辉

福建境内山岭耸峙，丘陵起伏。山地和丘陵约占全省总面积的90%以上，其中海拔200至500米丘陵约占一半以上。闽西北山地海拔1000至1500米，山顶常为悬崖绝壁，闽东山地除了沿海有比较低矮的丘陵外，1000米以上的山峰连绵不断，相对高度大多在700米以上。台湾山地约占全岛的2／3，平原约占1／3。台东山地高峰连绵，多海拔3000至3500米。台中丘陵一般海拔200至300米，高处可达500至600米。闽台河流一般短促，多

保生大帝(福建)
摄影/梁希毅

险滩急流，不宜行船。这样的地形和水文特征，使闽台内部交往困难，各地区相对闭塞孤立，使不同时代不同地区进入福建的移民长期保留着自己的原有风俗习惯，故在民俗中“十里不同风，百里不同俗”的现象尤其突出。

这种地理环境使闽台民俗形成小地域性的特点。如在令人眼花缭乱的民间信仰中，一些神祇具有较浓厚的地方色彩，地域性强。许多神祇通常局限在一个小小的地域范围，超出这一范围，香火锐减。如闽江流域的人大都崇拜临水夫人，泉州人多数信仰青山王，漳州人最奉崇开漳圣王，安溪人则以尊奉清水祖师为主。这种特点随着福建人移居台湾而带到台湾，形成了祖籍性的信仰祭祀圈。如泉州有玉清观，奉祀广泽尊王，在台泉州人亦建玉清观，奉祀广泽尊王；保生大帝为同安人信奉，在台同安人亦信奉之。在食衣住方面最具小地域性特点的是各地的风味小吃。如福州地区的鱼丸、鼎边糊、肉燕等，闽南地区的蚝仔煎、手抓面、卤面、深沪水丸、五香卷、榜舍龟等，闽北地区的“铁城三糕”、肉丸、豆浆粉条、蛋菰等，兴化地区的米粉、猪戈面、蚍猴（用海蛎拌地瓜粉煮汤）、马糕、枫亭糕等。福建各地的风味小吃，许多随着移民带到台湾，如福州的鱼丸、扁肉燕，闽南的蚝仔煎、薄饼、担仔面，在闽南人、福州人的聚集地随处可见。还有如在人生礼仪中，同是做寿但各地也不尽相同。闽东、闽北、闽南不少地方，俗称“九”乃凶年，难以逾越，必须采取措施先予跳过。于是，人们就以“九”做十，即49虚岁（48周岁）就做50大寿，59虚岁做60大寿，其余类推。福州和莆田地区，则以男做九、女做十为常。据说男人怕“九”，而女人却无所谓。漳州、三明、龙岩等地区，有些人是逢“一”做十，如50之寿于51岁做，

闽南小吃(福建)　摄影/储永

60之寿于61岁做。台湾由于多漳、泉移民，故在做寿上泉州人逢十祝寿，而漳州则逢51岁、61岁、71岁等祝寿。在岁时年节上，闽台各小地域性特点也有不少。如扫墓祀祖，福州、光泽、邵武等地祭扫时间是清明至谷雨之间，泉州、晋江、厦门一带是在清明节前十天与后十天，长泰是整个三月份，南安县石井一带则在“上已节”扫墓。莆田、仙游地区还有在重阳节或冬至扫墓的习俗。台湾的泉州人清明扫墓，而漳州人由于三月节（三月三日）祀祖祭墓，例不做清明节。闽台民俗的小地域性在戏剧上也有明显的反映，福建地方剧种十分丰富，仅据《中国戏曲剧种手册》记载，福建省有22个，仅次于山西省23个，居全国第二位。福建省几乎每个县市都有自

正月里(福建)　摄影/徐学仕

青奇汉乐团（台湾）　摄影/梁希毅

两岸共同的关帝(福建)　摄影/林瑞红

己的地方性剧种，有的一个地区甚至有数种地方剧种，其中主要的有流行于福州、三明、宁德、建阳地区的闽剧，流行于莆田、仙游、惠安、福清等地区的莆仙戏，流行于泉州、晋江地区的梨园戏，流行于泉州、晋江、南安、厦门等地区的高甲戏（九甲戏、戈甲戏），流行于漳州、漳浦、龙海、南靖、长泰地区的芗剧（歌仔戏），流行于诏安、云霄、东山、平和地区的潮剧，流行于龙岩、龙溪、三明地区的汉剧（乱弹），流行于古田、屏南、福安、寿宁地区的北路戏（俗也称乱弹），流行于漳浦、华安、长泰、南靖、龙海等地区的竹马戏，流行于漳州、平和、漳浦、诏安等地区的四平戏，流行于福清、长乐、平潭等地区的词明戏，流行于屏南、古田、宁德、福安地区的平讲戏，流行于泉州、晋江、南安、龙海等地区的打城戏，流行于尤溪、永安、大田、沙县等地区的小腔戏，等等，不一而足。而且，其中不少地方戏剧随着福建移民带到台湾，并且得到传播。如上述地方剧种除歌仔戏产生于台湾外，其余梨园戏（台俗称七子班）、高甲戏、乱弹、四平以及车鼓戏、采茶戏等均由福建传入台湾，成为台湾主要的地方剧种。

同根同源(福建)　摄影/林瑞红

闽台濒海，福建海岸线曲折，总长度达2841千米，形成许多天然良港，沿海岛屿600多个。台湾四面环海，海岸线长达1600千米，岛屿80多个，也有高雄、基隆等良港。闽台扼西太平洋航道的中心，是中国海上交通要道，也是国际海上交通要道。海上航线顺着海岸北上至日本，南下到东南亚地区。自宋代开始，福建地狭人稠，许多人以海为生，从事海上贸易，向海外移民，或以鱼盐为生。

闽台自古以来是中华文化与海外交往重要的地区之一。古代，海上丝绸之路的起点之一在福建泉州。据不完全统计，古代与闽台有交往的国家和地区多达100个左右。近代，福建成为外国资本主义入侵的前沿，台湾更成为荷、日的殖民地。从全国看，闽台是近代受西方文化影响最大的地区之一。

历史上外来习俗在闽台能保留至今的并不多。其中在食俗上影响最大的是蕃薯的引进，形成闽台长期稻米不敷、辅以蕃薯的食物结构，并使闽菜烹调中、风味小吃中地瓜粉成为重要的原料。还有槟榔的传入，形成了

关渡古佛洞观音像(台湾)

闽台民间好嚼槟榔、以槟榔治病消瘴、以槟榔代茶款客、以槟榔为礼品婚聘或息忿等极富地方特色的习俗。在服饰方面，宋代，海外木棉的传入，使福建人的服装质料从苎布为主变为以棉布为主。在居住方面，闽南的石建筑艺术传自印度等地，石建筑与中原土建筑不同，它之所以能在闽南扎根并发扬光大，当与该地区盛产优质石材不无关系。在外来宗教中，对闽台民俗影响最大的当是佛教。在岁时年节中，闽台无节不祭祀，祭祖拜神供佛并重。而且四月初八的浴佛节是专为纪念佛祖释迦牟尼诞辰的节日，中元节中的“盂兰盆会”源于佛教目连救母的传说。在人生礼仪中，闽台绝大多数人家在丧葬中受浮屠之教的影响，延僧诵经作道场，做功课之说。

闽台沿海人民在长期以海为生的环境中形成了一些与中原旧式农业不同的习俗、价值观念、心理素质、性格特点等。海上虽为险途，但百姓却

闽西连城走古事(福建)　摄影/焦红辉

妈祖巡游(福建)　摄影/徐学仕

趋之如鹜，究其原因有二：一为生活所迫；二是从事海上谋生者，获利大。这使闽台地区自古以来就形成重利的社会风气。早在宋代，海上贸易的发达和商品经济的繁荣对社会风气产生了影响，刘克庄就指出福建泉州是一个“只博黄金不博诗”（《后村先生大全集》卷12《泉州南廓二首》）的典型商业社会，“其民往往机巧趋利，能喻于义者鲜矣”。（吴澄：《吴文正集》卷28《送姜曼卿赴泉州路录事序》）明清，政府严厉实行海禁政策，但闽南一带则出现众多的海上走私活动，并形成颜思齐、郑芝龙、刘香等海上武装集团，保护这种走私活动，公然与政府对着干。其结果“海滨之民，惟利是视，走死地如鹜”。（《清一统志台湾府》附录《崇祯十二年三月给事中傅元初请开洋禁疏》）

闽台人民在海上谋生，风险与机会同在，故养成敢于冒险拼搏的心态。为了赚大钱、发财致富，明知道做这样的生意风险很大，会倾家荡产，甚至是违法犯禁，遭到杀身之祸，但仍有人敢于把身家性命当赌注，冒险而为之。闽台方言中流行着“敢死提去食”，“蚀本生意无人做，杀头生意有人做”的谚语，就是这种社会风尚的形象写照。闽台人民长期与波涛汹涌的大海搏斗，出生入死，从而养成了强悍好斗轻生的性格。这种性格使君子勇于为善。如在近代反抗外国侵略者的战争中，闽台军民英勇善战。同时也使小人敢于为恶。如这一地区械斗频频发生的重要原因之一就是闽台人的好斗轻生。

闽台地理环境复杂多样，总的特点是依山面海，山地中有高山丘陵，其间又有峡谷、盆地、江河溪流纵横蜿蜒；沿海一带，冲积平原狭小，土地肥沃；海中又星罗棋布着大大小小众多的岛屿。这样的地理环境使闽台民俗呈现出丰富多彩的画面。如沿海居民经商，走南闯北，台北郊商“其船往天津、锦州、盖州，又曰‘大北’；上海、宁波，曰‘小北’”。（陈培桂：《淡水厅志》卷11《风俗考》）福建“泉、漳二郡商民，贩东、西二洋，代农贾之利，比比然也。”（《清一统志台湾府》附录《沈上南抚台暨巡海公祖请建彭湖城堡置将屯兵永为重镇书》）地处交通发达者，则经商牟利，俗尚奢侈。如福州为闽中一都会，“商以家设质库及业卤者为上，亦有贾于海者，有散之四方者”。其俗“婚嫁侈靡，珠玉莹煌，商财贿也。博戏驰逐，樗蒲百万，作色相矜，必争胜者，重失负也”。（ 乾隆《福州府志》卷24《风俗》）与此相反，山区居民生活在闭塞的环境中，终生未出县城者大有人在。如“永福县居万山之中……君子重名节薄声利，小人男耕女织，山谷之中有至老不入城市者。”（道光《重纂福建通志》卷55《风俗》）闽清县山区“俗安朴素，不事浮靡，经商者寡，力穑者多。男任耕耘，女任纺织……乡民有老死不识县门者”。（同上）。

纵观闽台民俗史，并把它置于整个闽台历史的坐标中，我们可以清楚地看到民俗史发展的轨迹与移民史、政治史、经济史的发展大体是一致的。概括地说，闽台民俗的演变，大致经历了以下几个阶段：其一，福建和台湾绝大部分原住民在远古时期同属于百越

饮水思源（福建）
摄影/沈学溪

虔诚的使者(福建)　摄影/林平

的一支，与中原华夏族有着不同的风俗习惯。其二，汉武帝征讨闽越，把大量越人徙于江、淮地区，闽越国国除。这使闽越的历史中断，福建从此进入中原移民为主的历史。伴随着中原移民福建以及中央王朝对福建的统治和管辖，炎黄文化不断向该地区渗透移植，在本地区自然环境和社会、经济结构的作用下，在汉民俗为主体吸收越族民俗的基础上，经过魏晋南北朝隋唐时期漫长的发展，至五代宋时期，形成自己的特有面貌。与此同时，台湾则仍继续着越人发展的历史，以后随着南洋群岛马来人及其他一些人种的入台，逐渐融汇形成高山族和高山族民俗。其三，明清时期，大量福建人移居台湾，使台湾历史发展的主流发生了变化。人口数量占80%左右的福建人，其政治力量、经济文化水平大大超过当时台湾的高山族，因此，在很短的一段时间内，福建的民俗在台湾占据了主体地位。正如清代丁绍仪在《东瀛识略》卷3《习尚》中所云："台民皆徙自闽之漳州、泉州，粤之潮州、嘉应州，其起居、服食、祀祭、婚丧，悉本土风，与内地无甚殊异。”其四，从1840年鸦片战争后至1911年辛亥革命爆发，中国社会发生了巨大的变化。一方面随着西方列强的入侵，中国一步步沦为半殖民半封建社会，同时，西方的思想文化也不断涌入。从全国范围看，闽台地处东南沿海，是近代受西方文化影响相对说来较早较大的地区之一。另一方面，辛亥革命使民主共和观念深入人心。这些对闽台民俗也产生深刻的影响，旧的民俗中封建性减弱，新的民俗中资产阶级民主性增强，并有一定的洋化。但是，总的说来，旧的民俗仍居主导地位。从1895—1945年，日本对台湾实行50年的殖民统治，对台湾民俗有一定的影响，但不是很大。而且许多影响随着日本殖民统治的垮台而销声匿迹。

从闽台民俗的产生、演变和发展可以看出，明清以来至现代，闽台已成为中华民俗中的海滨民俗区。尽管这数百年期间有过分裂，但那只是政治上的分立，经济上的联系偶有中断，而文化上的割裂则从未有过。闽台作为同一民俗区，民俗坚韧的传承性使之不因政治的分立、经济的中断联系而各自产生重大的变异。海峡两岸的共同文化（包括民俗文化），是一股潜在的、巨大的力量，无论过去、现在，还是将来，都是维系台湾与祖国密不可分的无形而强有力的纽带。

近十几年来，台湾同胞掀起了一股爱国爱乡的热潮——“寻根热”。大量台湾文人学者以“根”为主题，从台湾的地理、历史、文化等方面，

民居正厅（福建） 摄影/周跃东

考证台湾和祖国大陆的血肉渊源。在民俗方面，他们从民间信仰、节庆风俗、民居建筑、饮食风俗、宗族乡情、民间文艺诸方面入手，进行溯本思源。如到福建祖庙进香谒庙，恭迎祖庙的神像、香火袋、神符回台供奉，捐资修建家乡的祖庙；纷纷回大陆寻亲问祖，返籍求谱，撰修重续宗族家谱，修建家庙宗祠祖坟；赴福建搜集整理各种民间习俗、民歌民谣、佚事、故事等。这股“寻根热”以无可辩驳的事实说明台湾是“枝”，中国大陆是“本”，台湾的“根”扎在大陆，与大陆有着不可分割的地缘、血缘、文缘关系，台湾世居同胞及其生活、习俗、文化，无一非来自大陆。

千禧龙年湄洲进香(福建)　摄影/杨婀娜

台湾同胞对中华传统文化和闽台同一文化区的认同，实际上已超越了其文化认同本身的涵义。这些现象和活动体现了两岸同胞渴望祖国和平统一、骨肉团聚的人心所向。正如台湾潘氏宗亲会在举行敬祖恳亲大会上恭颂的敬祖文中所云：“万姓一家，中华之源。种族一体，人类之先。无中无外，一气浑然。念兹祖德，和睦无间。本为同体，何事烽烟！”亲人要团聚，民族要团结，国家要统一，这是不可阻挡的历史潮流。

第二章

闽台民间信仰

千禧龙年湄洲进香(福建)　摄影/杨婀娜

安海龙山寺的镇寺之宝——千手千眼观音菩萨宝像(福建)　摄影/储永

第二章

闽台民间信仰

古代福建境内层峦叠嶂，茂林冥缅，瘴疠弥漫，溪涧江河，蜿蜒其间毒蛇猛兽，出没无常。这种恶劣神秘的自然界对居住于斯的人民来说有着不可知的恐惧感，因此，他们特别迷恋超人力的神鬼和巫术等。古代闽越族人就以“信巫尚鬼、好淫祠”而著称于世。魏晋南北朝，北方汉族人南下入闽，在这样的环境中，受到闽越族巫觋文化的影响很深，故唐代刘禹锡评价福建“闽有负海之饶，其民悍而俗鬼。”（刘禹锡：《刘宾客文集》卷3《唐故福建等州都团练观察处置使福州刺史兼御史中丞赠左散骑常侍薛公神道碑》）《宋史·地理五》也载：闽中“信鬼尚祀，重浮屠之教”。到了明清，这种习俗仍十分盛行。明谢肇浙《五杂俎》卷6《人部二》云：“今之巫觋，江南为盛，而江南又闽、广为甚。闽中富贵之家，妇人女子敬信崇奉，无异天神……瘟疫之疾一起，即请邪神。”

台湾开拓之初，闽粤移民成群结队来台垦殖。他们冒着生命的危险，越过波涛汹涌的大海赴台；到台后又面临着恶劣的自然环境的挑战。因此，他们往往随身携带祖籍寺庙的香火、圣符或神像，以求获得神的保佑。至其定居并形成村落后，先结草庵将家乡神灵加以供奉，后又逐渐重修，建成庙宇。随着开拓的进展，新的村落不断出现，并分去旧村落庙宇的香火而建庙加以供奉，故同一祖籍各村落的庙宇，多供奉同一种神明。

据1959年台湾省文献委员会调查，台湾各寺庙所奉祀之神明，其祖籍出于四省，即福建省、广东省、江西省及浙江省。而江西省只出张天师，浙江省只传普陀山观音菩萨，广东省由嘉应州即今梅县传岳帝及祖师公，潮州即今潮安县则传三山国王及观音，其他皆传自福建。福建各府州县传到台湾之神明主要有：同安县的护国尊王、苏三爷、霞海城隍、广泽尊王、保生大帝、玄天上帝，南安县的林元帅、武德英侯、金王爷、广泽尊王，晋江县的观音、王王爷、顺正府大王公、吴王爷、助顺将军、韦王爷、李王爷、田都元帅、保生大师、本官公、三侯公，泉州府的萧王爷、法主公、玉皇上帝、五年王爷、良冈尊王，安溪县的祖师

公、苏王爷，长泰县的照灵官，惠安县的青山王、金王爷、三一教主，兴化府的妈祖，永春县的张公法主、灵佑尊王，平和县的三王公、广惠尊王、关帝君、玄坛元帅、敌天大帝、池王爷，永定县的定光佛，漳浦县的辅信王公、三王公、感天公、三王爷、观音、玄天上帝、帝爷，南靖县的关帝、吴王爷，厦门的祖师公，诏安县的开漳圣王、赵元帅、三官大帝、观音。（参见《台湾省通志》卷2《人民志·宗教篇》，第10章《通俗信仰》）

历史上福建究竟有多少神灵，目前还很难作比较全面准确的统计，仅《八闽通志·祠庙》中列举的福建民间俗神就多达119个，其实际俗神的数量可能还要多于此数倍。因为福建民间信仰的神灵有好多是在较小的范围内供奉，且名不见经传，相当繁杂，故不见于文字记载者当多于有案可查者。而台湾民间信仰神灵，据1959年台湾文献委员会调查，全省计有寺庙3834座，各寺庙所奉祀主神达249种。可见，这里还不包括陪祀的形形色色数量更多的神明。限于篇幅，以下介绍16种在闽台两地关系密切、富有区域特色、影响较大的神祇。

1. 观音菩萨

泉州开元寺(福建)　摄影/梁希毅

台南开元寺

原是由印度传入中土的一位被称为大慈大悲、救苦救难的佛教菩萨，后来逐渐演化为一种最受欢迎的我国民间神祇。观音信仰何时传入福建，已难考定。乾隆《泉州府志·坛庙寺观》引颜仪凤的《记略》云：晋江安海的龙山寺，“传始于隋，中奉千手眼佛，阅今千余载，废兴不知凡几”。如果此说成立，那么早在隋代，闽南一带就有观音信仰了。根据《八闽通志·寺庙志》材料的统计，在福建各地建于唐代的观音寺院共7座，五代的4座，宋代的20座，明代的41座。实际上，《八闽通志》中尚有一些没有直接以观音命名的或未载建庙年代的观音寺。可见，自唐代以降，福建观音信仰已日渐普及，其寺院发展很快，观音已成了福建民间信仰的重要神灵之一。

台南开元寺千手观音

从另一方面看，元朝时期，福建的妈祖信仰崛起。妈祖的信徒们，为了进一步提高妈祖的地位和扩大其影响，就开始有意识地将天妃的诞生附会为观音的显灵，并把观音菩萨大慈大悲的形象和救苦救难的神性逐渐加到妈祖的身上，导致了妈祖信仰圈的广泛拓展。妈祖信徒之所以要利用观音信仰来附会妈祖，宣扬妈祖，当然是因为当时的观音早在闽人的信仰领域打上了深刻的烙印，有着比妈祖更为广厚的信仰基础。

龙山寺千手千眼观音(福建)
摄影/储永

明清时期，观音崇拜更是普及八闽大地，其神像几乎进入家家户户。尤其是明代开始，德化窑生产的大量白瓷观音塑像，其体态丰盈，慈祥肃穆，神韵非凡。加上通体柔嫩洁白，更增添了圣洁感和神秘感。因此，白瓷观音不仅被人们当作顶礼膜拜的偶

像，还成了居家住宅不可缺少的艺术小摆设。

福建各地以观音为名，或以供奉观音为主神和配祀观音的寺庙、阁、堂、庵等，更是多得不可胜数。其中兴建于唐代的厦门南普陀寺，到了明清之际，已完全发展成为福建观音崇拜的第一道场。建于宋代元丰年间的莆田梅峰寺，则是现存福建最大的一座专祠观音的寺庙。一些民间的斋会或观音堂，成了女性信徒拜奉观音的集体场所和精神寄托之处。清代福州每户“人家堂室中，亦无不奉观音者”。（梁章钜：《退庵随笔》卷一〇《家礼》）

厦门南普陀寺“佛”字(福建)
摄影/梁希毅

观音崇拜传入台湾，约在明郑时代。当时随郑成功渡海的闽南移民，除了携带妈祖神像和香火之外，尚普遍带有观音的神像。尤其是观音崇拜最为盛行的晋江、南安、惠安等地的移民，更是把观音视为有祷必应、济苦救难、慈航普渡的保护神。他们抵台之后，相继建起了许多观音寺、观音宫等。如在明郑时代，台湾就有龙山寺、大观音亭等崇祀观音的佛寺庵堂了。据《重修台湾省通志·住民志·宗教篇》统计，1918年，全台的观音寺庙总数为304座，1930年达329座。据1985年的最新调查统计，全台达600多座。台湾的民宅厅堂神幔上，几乎都挂有观音的神像。在台湾，泉州人众多的台南、鹿港、艋舺　、淡水等地，大多建有龙山寺，以供奉观音菩萨。这些龙山寺皆从晋江、安海龙山寺分香而建，其中台北龙山寺香火

晋江安海龙山寺是台湾地区龙山寺的祖庭(福建)　摄影/梁希毅

淡水龙山寺正殿（台湾）

鹿港龙山寺全景，一派唐山古建筑的气象。（台湾）

万华龙山寺(台湾)

最旺，成了台湾观音崇拜的主道场。由于安海龙山寺与台湾观音寺的这种特殊渊源关系，所以近20年来，到安海龙山寺进香谒祖的台胞络绎不绝。

传世的观音，原是一位男性。宋元以后，出现了定型的女性观音。女性信徒对观音的崇拜，似乎超过了任何一位民间神祇。观音的形象十分丰富，普遍有三十三身的说法。在闽台地区，最受民间欢迎和尊奉的是白衣观音（即送子观音）、紫竹观音和杨柳观音等。所以，闽台的大部分观音庙和观音像，都与这三身观音的传说有关。如紫竹观音，端坐浩瀚的南海岩石之上，注视大海，旨在慈航普渡，保护航海者的安全等，特别迎合闽台沿海信徒的信仰心理。

东山关帝文化节(福建)　摄影/梁希毅

漳州东山关帝祖庙(福建)　摄影/梁希毅

2. 关圣帝君

关圣帝君，又称关帝爷、帝圣君、协天大帝、文衡帝君等，由三国时蜀国大将汉寿亭侯关羽演化而来。唐代以前，关羽在民间的影响并不大。自宋代开始，才屡被赐封，逐渐普及。明清时期，随着《三国演义》的逐步盛行，关羽更成了家喻户晓的英雄人物。因关羽被奉为一位忠诚义勇的战神和协天护国的帝君，所以得到了官方的大力提倡和推广，既成

了明清两朝政府的祀典正神，又是一位民间最为流行的主祀神祇。这也是关帝信仰与其他民间神祇颇为不同的特点。

东山关帝巡视(福建)　摄影/梁希毅

关帝节贡品(福建)　摄影/梁希毅

关帝信仰传入福建的具体时间，史无明载。据地方文献记载，已知最早的福建关帝庙，是建于明初的铜陵关王庙。明代时，福建关帝信仰发展较快。在福建各地方政府的推动和参与下，各州县都普遍建立了关帝庙。闽人谢肇浙的《五杂俎》中就有这么一段话说："今天下神祠香火之盛，莫过于关壮缪。"清代政府对于关帝的崇祀更甚于明代，规定各地方官员每年都要祭祀关帝三次，于是各级官府就相继新建或扩建了境内的关帝庙。民间百姓自筹资金营建的关帝庙，更是不计其数。据载，明清时期，仅泉州一地，关帝庙就不下百座。在德化县"凡都邑里闾，罔不像祀"，至乾隆年间，"尤崇隆礼，于二祭之外，沛帑嵩祷"。（乾隆《德化县志》卷八《祠宇志》）福州街巷，"皆有关帝祠"。（梁章矩：《退庵随笔》卷一〇《家礼》）建阳县各乡村，关帝庙处处可见。最为虔诚的东山岛民众，更自称为关帝的后代，每家每户无不张贴关帝神像或设神龛，朝夕供奉。

台湾的关帝信仰，始于明郑时代。据民国《福建通志》等志书记载，郑成功收复台湾之后，曾在台南建了一座关帝神庙。清初统一台湾后，为了巩固其在台湾的统治，即在台大力褒扬关帝的仁义与精忠，"鼓其忠诚义烈之气，潜化百姓恣睢嚣竞之风，以达转移习俗之的"。（蒋元枢：《重修关帝庙碑记》）因此，台湾的关帝信仰勃兴于一时，上达官员，下及百姓，无不崇拜。主祀关帝的寺

澎湖关帝庙(台湾)　摄影/梁希毅

澎湖关帝庙内景(台湾)　摄影/梁希毅

台南祀典武庙（台湾）

庙，迅速遍布全台。日据时期，有增无减。《重修台湾省通志·住民志·宗教篇》载：1918年全台主祀关帝的庙宇有132座，1930年上升到157座。即使到了日据的后期，关帝信仰及其寺庙的建造，仍然继续持上升的趋势。这在日本殖民者极力打击中国民间信仰的政治背景下，确实是一件非常不容易的事情。1943年，台北的行天宫建成之后不久，就形成了台湾供奉关帝的庙宇中心。据不久前统计，台湾有关帝庙350多座，其香火最盛的仍然是台北的行天宫。台湾的民间，家家户户，也普遍设有关帝的神坛或神龛。

民间认为，关帝既是道教之神、玉皇大帝的近侍，又是佛教之神、护法伽蓝，同时也是儒教之神、文衡帝君，具有十分明显的三教合一的信仰性质。闽台各地崇拜关帝，与全国其它地区一样，除了奉其为忠、义、勇的化身之外，还普遍把关帝当作司命福禄、保佑科举、治病除灾、驱邪避恶、招财进宝、庇护商贾等的保护神。民间“或百里间水旱疾疫，以至梯于山，航于海，远托异国，身热首痛，风灾鬼难之域，祷请祈求，莫不以帝像为依归”。（《泉州通淮关岳庙志·重修泉郡通淮庙捐启》）在上述关帝信仰的内涵中，最值得探讨的是驱邪避恶、招财进宝、庇护商贾等神职。众所周知，明代开始，福建向海外移民的风潮日甚一日，尤其是闽南移民开发台湾的初期，冒死涉洋，瘴疫弥漫，草莱丛生，土著猎首，在如此举步维艰的情况下，他们必须寻求一位英勇无比的战神、仗义忠厚的斗士，作为自己的保护

台南开基武庙（台湾）

者。很自然，关帝忠勇便成了他们心目中崇拜的偶像。此外，福建沿海一带，商品经济比较发达。商人普遍重利轻义，竞争激烈。为了经商的顺利和发财，商贾们无不期望竞争对手能讲信用，仗义气，因此迫切需要能有一位仁义之神，来作为他们的行业保护神。后来台湾的民间商贾亦受到闽南移民的影响，同样奉关帝为商业的保护神。

据说在明清时期，闽台民间，谈起关帝威灵，妇女儿童无不震怕。“无敢有心非巷议者，行且与天地俱悠久矣”。（谢肇淛 ：《五杂俎》卷一五。）。每年的农历五月十三日，闽台两地的关帝信仰者，无不举行盛大的神诞祭典。此日大风，俗称关帝飓。

在福建数以百计的关帝庙中，与台湾关帝庙结缘最深的莫过于泉州通淮关帝庙和东山铜陵关帝庙了。台湾最古老的关帝庙彰化关帝庙，其神像就是从泉州通淮关帝庙分灵去的。由于清代铜陵是漳州人移民台湾的重要港口，因此，台湾不少关帝庙是从这里分香去的，其中，有几座关帝庙是聘请东山人模仿东山铜陵关帝庙的建筑式样兴建的。近年来，每年都有数以万计的台湾同胞到泉州通淮关帝庙和东山铜陵关帝庙进香谒祖。

3. 福德正神

福德正神，俗称土地公，闽台客家人则称其为伯公，祠庙称为土地庙或福德宫、福德祠等。其神庙的门联，通常书以“福而有德千家祀，正则为神万户春”，故名福德正神。福德正神的信仰，滥觞于古代中原人民的土地崇拜，古曰之社神。大约在魏晋南北朝，原有社神的自然崇拜属性渐渐消失，其神职地位也大大下降，转而成了一位只管理一方土地、具有一般社会职能的人格化的民间神祇，并开始普及于全国各地。由于该神不仅有镇护土地之灵威，还有授人福运之神德，所以士农工商信仰尤笃。

泉州天后宫内地主神位（福建）
摄影/梁希毅

福德正神崇拜传入福建，可能也在魏晋时期。闽北邵武城西南曾有过一座建于永嘉年间（307—312年）的惠安庙，所祀即为土地神。明末清初，福德正神的信仰随福建移民传往台湾，分享了台湾居民的香火，后逐渐成了闽台民间最为普遍的祭祀主神之一。闽台两地，田头地角，屋前宅后，街头巷尾，甚至连猪栏牛圈，也都有土地公守护。所以闽台有一共同谚语，叫作：“田头田尾土地公”，处处皆可祭祀。由于土地庙规模小，一般都因陋就简，有的在田边用几块石头搭盖，有的则如谚语所说的“三面壁”，连个门户都没有。土地庙最容易建，又最会被忽视，统计也最困难。因此，闽台的土地庙实际总数究竟有多少，作出十分精确的统计是不大可能的。

妈祖座下的土地公(台湾)

闽台民间供奉的土地公神像，大多是衣冠着带，白胡须，手持金元宝，面庞丰盈，双目微睁，慈祥和蔼，完全是一副助人为乐的福寿相。福建土地庙多兼祀土地婆，甚至有祀“双夫人土地庙”的；而台湾多数土地庙是不祭祀土地婆的。土地公虽然神位极低，但他具体管理着某一地方，真是“县官不如现管”，人人敬畏有加。闽台俗称：“得罪土地公，鸡鸭养不活。”农历二月初二日为土地公诞日，这一天闽台各地，家家户户宰鸡杀鸭，城乡庙宇，演戏娱神，祭祀盛典。农家视其为春祭，旨在祈福。八月十五日，例行秋祭，酬神保佑。除了正月之外，每月的初二和十六日，也大都要祭祀土地公。因土地公兼司财神，商人备馔祭祀尤谨，俗称“做牙”或“牙祭”。二月初二日为“头牙”，十二月十六日为“尾牙”。头尾牙祭典较为隆重，其余各牙，祭品只要家常便饭即可。一般居民在各年节、宗祀、扫

木刻土地公神像(台湾)

淡水万善堂土地公神像(台湾)

墓、破土等民俗活动中，也总得附祭土地公，祈求造福世人，德惠于民。

4. 司命灶君

灶君信仰在我国已有相当长的历史。溯其源流，约有两种说法：其一，直接把灶的本体神化而祀之，属于自然崇拜的范畴；其二，认为灶君是玉皇大帝派往人间的督使，常驻于各家各户，负责观察每家每户的善恶行为，汇报于玉皇大帝，俗称“司命灶君”。闽台民间供奉的诸种神佛大部分是瓷塑、泥塑或木雕，惟有灶神是纸质印刷画像，而且每年在拂尘后予以更换新的。民间印刷的灶神像大部分画面粗劣，灶神形象是方脸大耳，威仪俨然。灶神图的上方书“东厨府”，两侧对联常见的有“调和鼎鼐神仙府，善理阴阳宰相家”；“上天言好事，下界保平安”；“灶公多赐福，弟子大虔诚”；“上天奏善事，回驾赐祯祥”等。从这些对联不难看出灶神的职责以及人们对它的祈求。

司命灶君像（福建）
摄影/储永

闽台祭灶神，俗在农历十二月二十四日，谓灶神是夜上天，汇报各家善恶。是日，拂尘换灶神像，烧灶码子，祭祀灶君，谓之送神。正月初四日，又具仪如故，谓之迎神。北方人祭灶仪式颇为简朴，有的干脆拿两块麦牙饴之类的糖果，胶住灶神之口，认为灶神嘴一甜，就会上天说好话。闽台民间则不敢怠慢灶君，祭仪比较隆重，供品多具牲醴、瓜果、糖饼等，家家还普遍吃灶糖灶饼。

灶神信仰系家庭之私祀，一家一灶神，神位之多，无法计数。灶神的位置均在各家的灶头上，而专门奉祀灶神的寺庙非常少见。

5. 城隍爷

平和县九峰镇城隍庙(福建) 摄影/林瑞红

城隍爷又称城隍、城隍神等。城隍信仰，源于古代中原的八蜡之祭。汉魏时期，逐渐演化为守护城池之神。据《三山志》、《八闽通志》等地方文献记载，早在晋太康年间（280—289年），福建侯官（今福州）越王山之东就有了一座城隍庙。宋代开始，封建统治者把祭祀城隍列入了朝廷的祀典，城隍的职能亦由原先的保护城池，演变成了司民之神，具有秉人生死、立降祸福、祈雨求晴、禳灾辟邪等神力。宋代福建的城隍信仰也开始普及，各府县相继建起了城隍庙。明清两代，是城隍信仰的鼎盛时期，凡地方官署所在，必设城隍之庙，故有都城隍、府城隍、县城隍之别，各司管辖之区域。新官上任，必先择日，亲诣所辖地城隍庙举行奉告典礼，而后履任，城隍爷已被地方官员奉为他们的保护神。所以，城隍信仰的发展，在很大程度上是依靠于地方官员的提倡。

城隍出巡(台湾) 摄影/焦红辉

民间传说，城隍彰善惩恶，掌司阴阳两界，部下神有文武判官、六部司、六将爷、三十六关将、七十二地煞等。闽台各地的一些城隍庙对联很有特色，如莆田城隍庙的对联云：“作事奸邪，任尔焚香无用；居心正直，见吾不拜何妨？”台湾霞海城隍庙的楹联则曰：“兴念时，明明白白，毋欺自己；到头处，是是非非，曾放谁人？”看来民间城隍信仰的内涵，主要是在于劝善惩恶，令亏心之人，终日惶惶。

台湾的城隍信仰始于明郑时代，

承天府的城隍庙是台湾最早的一座城隍庙。清初统一台湾后，通令各府治及县署均要设建城隍庙，尊神主之，立庙奉祀。据《重修台湾省通志·住民志·宗教篇》统计：1918年，全台城隍庙29座。

澎湖城隍(台湾)

闽台两地的城隍庙中，通常有两尊城隍像：一为泥塑，端坐正堂不动；一为木雕，专为抬着出巡而设，平日居于侧室。每年城隍神诞日，例有盛大的迎神巡境祭典。各地大都把本地乡民熟悉和尊崇的历史名人（以武将为主），立为当地的城隍神。据《闽杂记补遗》记载，明清时期，被立为福建都城隍爷的就有俞大猷、戚继光、施琅、吴英、余步云等历史名人。有很多地方的城隍爷，则不明来历，未知其名，如台湾各地的城隍爷就多为无名氏。由于城隍爷不是某一固定的神，所以闽台各地的城隍神诞祭典日就各不相同。如福建宁化，正月十五和九月

台南台湾府城隍庙(台湾)

初九，迎神巡坊，正月设醮，九月演剧；长汀县，正月十六祭祀，十八日出巡；将乐县正月十三日、顺昌县三月初三日、莆田县五月十九日迎城隍爷；福州是九月二十六日开堂设祭演剧，十月初一日出游城内。台湾各地的城隍大祭，一般是在每年的五月十三日。是日，台湾各城隍庙宇，远近香客，络绎不绝，城中沿街排设香案，迎神驾临，车水马龙，热闹非常，可谓全台迎神赛会之冠。

城隍信仰与其他神灵信仰有一个很大的不同点，就是某州县城隍各分管某州县范围内的阳间、阴间之事，他们之间泾渭分明，互不侵犯，而且城隍爷一般各由此州县的历史名人担任。因此，城隍信仰少有分灵、分香之说。但台湾城隍信仰具有特殊性，有些城隍庙分灵于闽南。据调查统计，台湾各地主祀、陪祀晋江永宁城隍的庙宇有100多座，由安溪城隍分灵台湾各地的“清溪城隍”庙宇多达220余座。由于台湾城隍庙源自福建，因此，在宫庙的建筑风格、神像的雕塑、陪祀神、对联等方面都大同小异。如陪祀的神同有六司、文武判官、七爷、八爷等。漳浦城隍庙的对联是“为恶必灭，为恶不灭，祖有余德，德尽乃灭；为善必昌，为善不昌，祖有余殃，殃尽乃昌。”而澎湖文澳城隍庙的对联则几乎完全一样“为恶必灭，为恶不灭，祖宗有余德，德尽乃灭； 为善必昌，为善不昌，祖宗有余殃，殃尽乃昌。”近年来，台湾城隍信徒纷纷到福建寻根谒祖，如1990年9月以来，台南县六甲乡保安宫、南投县竹山镇灵德庙先后四次组团到福州拜谒城隍祖庙，并捐资修建祖庙。石狮永宁城隍庙和安溪凤山城隍庙更是台湾同胞进香谒祖的圣地，来这里进香的台胞络绎不绝。

祭拜天公的祭品(福建)　摄影/林瑞红

6. 天公

天公信仰起源于道教的玉皇大帝，后逐渐演化为一种民间神祇，闽台民间俗称天公、天公祖或玉帝等。天公不但受命于天统辖人间，而且管理各路神仙，包括自然神和人格神，所以是众神系统中之至尊者。

闽台民间天公信仰一般不

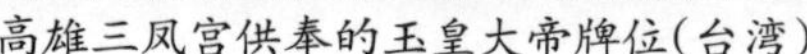
高雄三凤宫供奉的玉皇大帝牌位(台湾)

台北市凌霄宝殿全景(台湾)

塑神像供奉，闽台闽南人以天公炉、天公灯代表天公，而客家人则仅以天公炉代表天公，不悬天公灯。民间在天公信仰上敬畏心理浓厚，因而在家庭祭礼上较祭祀其他神灵隆重，禁忌也较多。每年的正月初九，俗称天公生，闽南和台湾各地，家家户户普遍于日前斋戒沐浴，以示对天公的崇敬。当日，一般都是在住房正厅门口搭起“三界桌”。桌上摆有丰盛的斋筵、粿盆、茶酒等，以敬天公；桌下另摆五牲或三牲、红龟粿 、茶酒等，以敬天兵天将。祭典开始时，全家仰望天空，向天公行三跪九叩大礼，最后烧金纸，俗称“祝天诞”。天公生的这一天，往往要演戏欢庆，通宵达旦，曰“天公戏”。此日民间禁忌最多，如供奉五牲中的品鸡，不准用母鸡，只能用公鸡。大小便器及女人裤子，更不准拿到露天之处，以免被天公看到，触犯大逆不敬之罪。除此之外，逢年过节或遇娶亲等喜事，民间也普遍行拜天公的仪式。

泉州天后宫妈祖像(福建)
摄影/梁希毅

7. 妈祖

妈祖信仰起源于福建莆田，逐渐由莆田向福建各地、沿海各省及海外各地拓展，终于成为一千年来产生于福建本土、影响最大的一位民间神祇。可以说，在我国古代无数的地方性神祇中，很少能有与妈祖影响的广泛和持久相比拟的。

妈祖原名林默，又称林默娘，莆田县湄洲屿人。最早记述妈祖事迹的文献是南宋绍兴二十年（1150年）廖鹏飞撰写的《圣墩祖庙重建顺济庙记》。文曰：“姓林氏，湄洲屿人。初以巫祝为事，能预知人祸福。既没，众为立庙于本屿……神女生于湄洲，至显灵迹，实自此墩始。其后赐额，载诸祀典，亦自此墩始，安于正殿宜矣！”此后的黄公度《题顺济庙诗》、陈宓《白湖顺济庙重建寝殿上梁文》、楼钥《兴化军莆田县顺济庙灵惠昭应崇福善利夫人封灵惠妃制诰》、丁伯桂《顺济圣妃庙记》、李俊甫《莆阳比事》、刘克庄《风亭新建妃庙记》、李丑父《灵惠妃庙记》、黄岩孙《仙溪志》等宋代文献所记载，基本上都沿袭了廖氏的说法，认为妈祖原是湄洲屿的一位巫术高明、能预知祸福的年青女巫，因生前有功于民，死后乡民庙食焉。由此可见，早期的妈祖信仰，只是一种巫觋文化的产物。妈祖庙宇在草创时期，影响仅局限在湄洲屿上，自从圣墩登陆之后，信仰圈才逐渐扩大到莆田平原一带，“妃庙遍于莆，凡大墟市小聚落皆有之”。（刘克庄：《后村先生大全集》卷九一《风亭新建妃庙记》）到了宋宣和五年（1123年），给事中路允迪奉使高丽，“东海，值风浪震荡，舳舻相冲者八，而覆溺者七，独公所乘舟，有女神登樯竿，为旋舞状，俄获安济”。（廖鹏飞：《圣墩祖庙重建顺济庙记》）当路允迪等人返朝复命时，同船保义郎李振上奏于朝。宣和五年，宋徽宗下诏特赐圣墩庙号为“顺济”。这是妈祖首次显灵护航而受到了朝廷的封号赐额。

南宋以后，全国的政治、经济、文化中心已完全南移。偏安临安的南宋王朝，想凭借妈祖护国安邦的神力，发挥水上优势，固守江南，于是屡屡晋封妈祖。而民间则认为，水属阴类，其象维女，海神当以女神为上。因此妈祖逐渐取代了旧日的海神，成了人们征服海洋或邪恶势力的象征，为各地的航海者所普遍崇拜。如丁伯桂的《顺济圣妃庙记》所说：“神之祠不独盛于莆，闽、广、江浙、淮甸皆祠也。”据宋修《临汀志》、《仙溪志》载，南宋时期妈祖信仰已传入客家人居住的闽西山区。随着妈祖信仰圈的日益扩大，原来“里中巫”的形象

莆田湄洲妈祖祖庙(福建)　摄影/梁希毅

日渐淡化，开始披上了各种宗教的色彩，妈祖的神职体系已不断地被改造和重新构建。

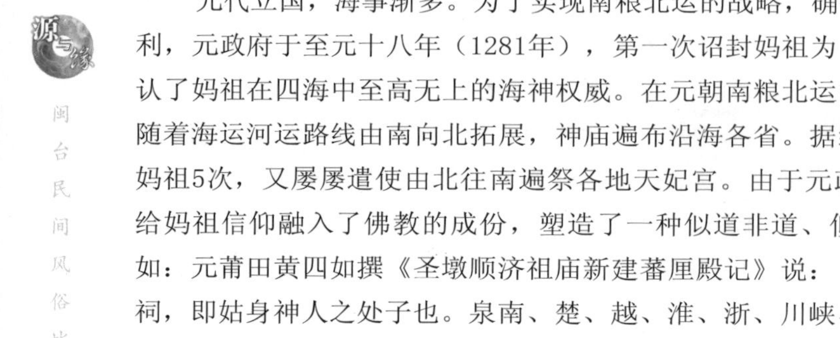

元代立国，海事渐多。为了实现南粮北运的战略，确保海运河运的安全和顺利，元政府于至元十八年（1281年），第一次诏封妈祖为“护国明著天妃”，确认了妈祖在四海中至高无上的海神权威。在元朝南粮北运的过程中，妈祖信仰亦随着海运河运路线由南向北拓展，神庙遍布沿海各省。据统计，元朝政府共赐封妈祖5次，又屡屡遣使由北往南遍祭各地天妃宫。由于元政府崇奉佛教，民间又给妈祖信仰融入了佛教的成份，塑造了一种似道非道、似佛非佛的妈祖形象。如：元莆田黄四如撰《圣墩顺济祖庙新建蕃厘殿记》说：“妃族林氏湄洲故家有祠，即姑身神人之处子也。泉南、楚、越、淮、浙、川峡、海岛，在在奉尝，即补陀大士之千亿化身也”。（《四如文集》卷二）元末无名氏编纂的《三教源流搜神大全》也说妈祖之母，尝梦南海观音与优钵花，吞之已而孕。都把妈祖的诞生说成与观音等显灵有关，充分体现了三教合一的趋势和民间信仰中固有的兼容性和功利性。当大慈大悲、救苦救难的观音神性被附在妈祖的身上之后，人们对妈祖备感亲切和信任。最为众多的观音信徒，普遍同时信奉妈祖，导致了妈祖信徒的骤增。此外，元人倪中在所撰《天妃庙记》中，又率先提出了妈祖是莆田都巡检林孚之第六女的说法，将妈祖的出身纳入了莆田九牧林氏的望族贵门，新增了忠孝的色彩，引起封建儒士的兴趣，从而又得到士大夫的支持。

明初，实行了严厉的海禁政策，民间的海事活动处于低潮时期。但是，明政府为了炫耀盛朝，君临藩国，又大量遣使外夷，播告朕意，抚藩朝贡。尤其是郑和七次下西洋，多经福建南下；历次册封琉球的使团，均从福建出发。为了远洋航行的顺利和成功，明政府同样要求助于妈祖的神灵。而且不管是郑和，还是册封琉球使，他们在历次远航归来后，均言妈祖的神灵多有感应。因此，明政府更是多次下诏封号，不断提高妈祖的神位。另一方面，通过郑和历次下西洋和册封琉球王等举动，以及闽人向海外移民高潮的到来，妈祖的信仰开始向琉球、日本及东南亚等地拓展。

由于妈祖影响的日益扩大，三教信徒竞相将妈祖信仰纳入本教的体系。他们分别编造成了许许多多有利于本教的妈祖神话传说，导致妈祖的灵迹更加神乎其神。其中最具有代表性的是，明末僧照乘编、清初丘人龙整理的《天妃显圣录》一书，成了妈祖传奇故事和三教合一的集大成之作，并构建了一个新的妈祖神灵系统，纳入了顺风耳、千里眼、晏公、嘉应、嘉佑等神魔鬼怪，作为天妃的陪祀之神。

清初，横渡海峡，统一台湾之时，万正色率兵攻占厦门和施琅进军台湾，均

湄洲祖庙妈祖金身像(福建)　摄影/徐学仕

言得到了妈祖神灵的庇佑。康熙二十三年（1684年），清廷赐封妈祖为“护国庇民妙灵昭应仁慈天后”，着重提倡其护国安邦的作用，妈祖的封号由此达到“天后”这一最高的层次。清政府还郑重地下令各地方官员都要祭祀天后，从而把祭祀天后定为朝廷和地方官府的一种典礼。“祭期，每岁春秋及三月廿三日诞辰致祭。”（《惠安县志续补》卷一）可见一年之中可多达三次。到了嘉庆七年（1802年），妈祖被敕封为“天上圣母无极元君”这一无以复加的崇高神号，妈祖的信仰遂达到了最高潮。如果从妈祖信仰的起源和发展过程来考察，除了妈祖能为民间救苦救难、广济众生而得到民众的崇奉之外，宋代海交、元朝漕运、明使番国、清初取台等一系列与福建密切相关的海事活动，更是推动妈祖信仰兴盛的主要原因。妈祖崇拜正是借助了宋、元、明、清历朝海上活动需要的契机，才最终发展成为一个影响如此广泛而深远的伟大民间神祇。

妈祖信仰传入台湾始于明代。当时，福建闽南一带的移民，为了祈求渡海的平安，无不在渡船上奉祀一尊妈祖分身，设置神位。移民抵台之后，又因开拓之艰辛，奉妈祖为安居乐业的保护神，建庙祭祀。从现存台湾的“沈有容谕退红毛番韦麻朗”等古碑文资料得知：早在万历年间（1573—1615年），澎湖岛上即建有妈祖宫。郑成功收复台湾后，在台湾彰化鹿港建造了一座天后宫，据说此为台湾岛上最早的一座可考的妈祖庙。清初统一台湾后，大力宣扬妈祖的“护国安邦”神威，促进了妈祖信仰在台湾的迅速传播。康熙二十二年（1683年），施琅奏请于台南建造天后宫，这是清朝在台官建妈祖庙之始。此后，在清政府的提倡下，台湾沿海港口，俱建宫庙。康熙三十三年（1694年），大陆僧人树璧从湄洲祖庙奉一妈祖神像到台湾云林北港，集资建庙供奉，后逐渐扩建为北港朝天宫，成了台湾香火最旺的妈祖宫庙之一。日据以后，台湾人民眷念大陆故土，以妈祖信仰为纽带，寻找精神慰藉。他们冲破了种种阻碍，在台掀起了一股修建妈祖庙宇的热潮，以表露他们的寻根意识和爱国情结，根据《重修台湾省通志·住民志·宗教篇》统计：至1930年，全台的妈祖庙已增至335座，居台湾各寺庙主神的前三位。其中澎湖天后宫、台南天后宫、北港朝天宫、台北吴渡宫，为台湾妈祖的四大宫庙。由于台湾的妈祖神像大都是福建移民从祖籍

台南大天后宫（台湾）

天后宫花车（台湾） 摄影/焦红辉

地分灵而来，所以就祖庙来源的不同，其称谓略有所异。来自湄洲祖庙的称“湄洲妈”，来自泉州的称“温陵妈”，来自同安的称“银同妈”，来自兴化的称“兴化妈”等等。

近千年来，妈祖信仰香火日旺，从而形成了影响甚大的妈祖民俗文化现象。如：莆田湄洲妈祖祖庙及其分庙，每年自正月初八起，就开始举行“妈祖元宵”的庆典活动。各分宫庙按一定的次序，先后抬着妈祖神像到祖庙上香。结束后，再抬妈祖神像四村巡游，家家户户均在门前设香案，供米糕、斋菜六大碗迎接。元宵之夜，大小宫庙，皆装点“烛山”，以象征妈祖在海上显示灵光。然后将未点完的“龙烛”，各自取回，继续燃点，以祈一年内合家吉祥平安。“妈祖元宵”的民俗活动，一般要到正月十八日才告结束。三月二十三日，妈祖诞辰，更要举行各种盛大的庆典活动。是日，由“装阁”（指由少女装扮成民间故事的各类人物）、仪仗队和神像，伴以锣鼓巡游全境，谓之“出游”。巡游两天后，驻驾城里的赤柱林祠，称为“妈祖行外家”。在台湾，各地的妈祖庙也有十分隆重的祭典。迎神绕境，家家户户门前设香案，供五味碗，烧甲马、刈金，犒赏妈祖的从神兵马，称之“犒军”。其中大甲镇澜宫往北港朝天宫的进香典礼，最为隆重。台湾各大庙在妈祖诞辰日前，普遍有返回湄洲祖庙进香拜谒的传统，或每年、或数年一次。日据时期，由于日本殖民者的重重阻挠，回湄洲祖庙进香，颇多困难，曾一度改为与北港朝天宫“合火”，隔海遥拜，以象征之。充分体现了海峡两岸割不断的神缘与亲缘，成了维护祖国统一，抗击外来侵略的一股强大精神力量。九月初九日，为妈祖的升化日，其祭祀的民俗活动与诞辰日基本相同，只是祭品必须一律素食。忌日之始，先由湄洲岛上居民设戏台演戏，通宵达旦。接着是外地香客捐演，前后约十天，热闹非常。湄洲的祖庙还雕刻了许多妈祖的神像，专门作为各地分灵迎神时用。台湾各地的信徒，大多数都从湄洲祖庙请回分灵神像。据统计，1987—1996年，来湄洲岛观光的台胞达100万人次，并迎请祖庙妈祖分灵回台湾供奉。据有关部门估计，单1988年湄州祖庙被请去1000多尊妈祖像。1997年湄洲妈祖金身游台102天，共驻跸34座妈祖分灵宫庙，朝拜信众达1000万人次，引起一股令人叹为观止的“妈祖热”。妈祖信仰已完全成了海峡两岸骨肉同胞相互沟通联系的一条牢固精神纽带，是闽台同一传统文化心态的一种具体表现。

台南庆安宫供奉的注生娘娘(台湾)

8. 临水夫人

临水夫人原名陈靖姑，俗称临水奶、奶娘、注生娘娘、太奶夫人、陈夫人等。传说为唐代闽县（今福州）人。临水夫人信仰，究竟源于何时，目前尚有一些不同的说法，大多数人都认为在唐代后期已形成。最早记载陈靖姑事迹的史料是元末明初古田人张以宁撰写的《临水顺懿庙记》。该庙记曰：

古田东去邑三十里，其地曰临川，庙曰顺懿。其神姓陈氏，肇基于唐，赐敕额于宋，封顺懿夫人。英灵著于八闽，施及于朔南，事始末具宋知县洪天锡所树碑。皇元既有版图，仍在祀典。元统初元，浙东宣慰使都元帅李允中实来谒庙，赡顾咨磋，会广其规，未克就绪。及至正七年，邑人陈遂尝掾大府，慨念厥初状神事迹，申请加封。廉访使者亲核其实，江浙省臣继允所请，上之中书省。众心喁喁，翘俟嘉命。会遂以光泽典史需次于家，于是致力庙宫祇迓殊渥……经始于丁亥，迄戊子春落成。（万历《古田县志》卷一二《艺文志》）

如上所述，古田县临水庙创建于唐代，宋代就得到了朝廷的赐敕庙额和封号，元代浙东宣慰使都元帅曾亲临谒庙，里人陈氏又申请加封。然而颇有疑问的是，既然临水夫人在宋代就得到了朝廷的赐额封号，那么在其发源地福州和古田必有一定的影响和声望。可是，宋淳熙年间编成的福州地方志书《三山志》，在记载了众多的民间神祇时，对临水夫人却一无提及。另外，民间曾传说，陈靖姑16岁时入仙境闾山法院学法，后开创了道教中的“闾山三奶派”。南宋著名道士白玉蟾的《海琼白真人语录》中，虽谈及闾山法是一种巫法，但亦未曾提及陈靖姑其人其事。众所

高雄桥头注生宫的注生娘娘（台湾）

临水夫人陈靖姑(福建)

周知，有关民间信仰的“庙记”之类文献，对所记神灵的起源与灵迹，大多会掺入许多附会之言，很难完全据为典要。所以，我们认为，在宋代以前文献中尚未发现叙及陈靖姑事迹的客观情况下，将临水夫人信仰上溯到唐代，有待进一步的论证。

明代开始，临水夫人的信仰才逐渐普及。明清时期的地方文献对临水夫人的记载，也有一些不同的说法。例如：嘉靖《罗川志·观寺志》说：“神姓陈，讳靖姑，生于唐大历元年（766年）正月十五日，福州下渡人。适本县霍口里西洋黄演，由巫为神。”而万历《古田县志·秩祀志》则称：“生于唐大历二年（767年），神异通幻，嫁刘杞，孕数月，会大旱脱胎往祈雨。果如注，因秘泄，遂以产终。诀云：‘吾死后不救世人产难，不神也。’卒年二十有四。自后灵迹显著。”直到在古田临水洞显灵斩蛇后，当地百姓才建庙立祀。此后编纂的《福州府志》、《闽书》、《八闽通志》等，基本上是沿袭了万历《古田县志》的说法。

另外，明万历年间编纂的《绘图三教源流搜神大全》和《晋安逸志》等书，都说陈靖姑是五代闽国时人，经观音娘娘点化而赐生。又曾受异人传授的法术，入闾山仙境学道，能降妖擒魔，呼风唤雨。《晋安逸志》还提到，闽王赐予宫女36人为弟子，建第临水，即后来宫庙中的36婆神，陪祀于临水宫。清代成书的《陈靖姑传》、《临水平妖记》、《闽都别记》等小说类的文献，更把临水夫人

北投照明宫的注生娘娘(台湾)

注生娘娘(台湾)

高雄桥头注生宫（台湾）

的灵迹和形象作了新构建，陈靖姑已成为福州地区众神世界中最有影响的神祇之一。

清代乾隆年间，随着福州等地的移民，临水夫人的信仰亦漂洋过海，分香台湾。乾隆五十一年（1786年），台湾安平镇的宁南坊，建起了第一座主祀临水夫人的宫庙。此后凤山县的顺懿宫，高雄县桥头乡的注生宫，屏东县竹田乡的永福宫，云林的龙云堂等，都是主祀临水夫人。台南的开隆宫、大天后宫，台北慈佑宫、伍德宫等，也将临水夫人作为配祀之神。东南亚一带的若干福州籍移民聚居地，也有临水夫人的信仰活动。

作为一种女性神灵信仰的独特性质来看，临水夫人似乎比妈祖更富女性化。因为临水夫人虽有种种的神通，但其信仰内涵的实质，主要是保胎救产，护佑妇幼，已被人们普遍奉为妇女和儿童的保护神。陈靖姑及其配祀的36宫婆神像，个个和蔼可亲，慈祥博爱，或携抱婴儿，或背着孩童，浑身上下洋溢着女性和母爱的温柔情调，使信奉者备感亲切。所以，闽台两地临水夫人的信徒女性居多。每年正月十五日，俗称是临水夫人的诞辰。是日，闽台两地的信奉者，无不举行盛大的“请奶过关”等庆典活动。

9. 瘟神

我国民间的瘟神信仰由来已久。《周礼·夏官》中早就有了方相氏“以索室驱疫”之说。《左传》、《国语》等书，则多称瘟神为“厉”。瘟神的起源当是瘟疫的流行。古代东南沿海，春夏之交，潮湿多瘟。因医疗卫生条件的相对落后，瘟疫一起，死者枕藉，人们谈瘟色变。明清时期，闽台地区的瘟疫尚很流行，为害甚大。在信巫尚鬼的文化传统影响下，驱瘟禳灾的瘟神信仰遂勃兴于一时，成了闽台民间信仰中一个非常重要的组成部分。

代天巡狩(福建)　摄影/梁希毅

闽台两地的瘟神信仰，大体上可分为两大系统：一是以福州地区为核心，流传于闽江流域的“五帝”系统；二是以闽南和台湾地区为主的“王爷”系统。

闽江流域的五帝信仰，尚有五圣、五通、五福大帝、五瘟神、五方瘟神等多种称呼。关于五帝信仰的起源，民间传说甚多。福州等地民间普遍认为：在明朝年间，有张元伯、钟士成、刘元达、史文业、赵公明等五位举人赴京赶考。一日刚好同宿于福州城内一客栈中，义结金兰。当晚，五人同梦福德正神告曰：五月五日子时，福州城内将有瘟疫之灾，起因乃由城内五大井而来。五人梦醒后，各投一井，以浮尸示警，人们不敢饮用井水，遂避过了一场瘟疫之灾。后人感念五举人的救命之恩，建祠崇拜，并由皇帝敕封为五福大帝。所以，到了清代，“榕城内外，凡近水依寺之处，多祀疫神，称之为涧，呼之为殿，名曰五帝”。（《乌石山志》卷九《志余》）此外，也有不少人认为，五帝信仰当起源于江南地区的五通神，如洪迈的《夷坚丁志》、朱熹的《朱子语录》等，都曾提到宋代盛行于闽、浙、赣的五通神，神怪异，作祟人间，传瘟播疫，面目狰狞。

闽南的王爷信仰则是在继承五帝瘟神信仰的基础上发展起来的。王爷，又称

叶千岁(台湾)

千岁、千岁爷、府千岁、老爷、大人、王公、瘟王、游王等等。民间有关王爷来源的传说，更是众说纷纭。有的说是秦始皇焚书坑儒时蒙难的360名儒生；有的说是在唐明皇时被张天师作法冤死的360名进士；也有说是明初闽粤地区360位进士进京参朝，船遭飓风，翻覆溺毙；也有说是明末360位进士，不愿仕清，自尽而死等等。传说尽管不一，但有一个共同的特点，他们都是非正常死亡的冤鬼，死后被玉皇大帝或人间帝王封为王爷，授命视察人间的善恶，代天巡狩。

明末清初，闽南的王爷信仰传到了台湾。其途径大致有二：一是随移民分香

澎湖海灵殿(台湾)

渡海入台；二是闽南沿海所送王船漂泊台湾西海岸后，被当地居民就地建庙奉祀。如：被奉为台湾五府王爷总庙的南鲲鯓代天府，即由于王船漂泊而创建于明永历十五年（1661年）；而台南县龙崎乡的池府千岁，则是由闽南移民携带神像分香建庙于康熙三年（1664年）。闽南移民在渡台的初期，开拓艰辛，瘴疫弥漫，导致了王爷信仰在台的迅速蔓延。根据《重修台湾省通志·住民志·宗教篇》统计：至1918年，全台主祀王爷的寺庙有447座，1930年增至534座，位居全台各种主神寺庙总数第二位。此外，尚有不少同祀王爷的寺庙。台南沿海一带是王爷信仰的核心地区。

代天府(台湾)

东隆宫王爷(台湾)　摄影/焦红辉

明清时期，闽南和台湾普遍奉祀的王爷姓氏有：赵、康、马、萧、朱、邢、李、池、吴、范、姚、金、吉、玉、周、岳、魏、雷、郭、伍、罗、白、纪、张、许、蔡、沈、余、潘、陈、包、薛、刘、黄、林、杨、徐、田、卢、谭、封、何、叶、方、高、郑、狄、章、耿、王、楚、鲁、齐、越、侯、殷、沐、虞、苏等50多种。刘枝万先生《台湾省寺庙教堂（名称、主神、地址）调查表》中所载台湾各县市的王爷姓氏名称则多达84种，还有一些姓氏不详者。闽台王爷庙中所供奉的神像数目很不一致，少者一尊，多则数十尊。供奉三尊王爷的一般称“三王府”，四尊的称“四王府”，五尊的称“五王府”。但同样的三王府、四王府或五王府中，所供奉的王爷姓氏组合也不是完全相同的。据说，仅三府王爷就有三四十种不同姓氏的组合。闽南地区最有影响的王爷庙是泉州南门的富美宫，主祀萧王爷，又配祀数十尊其他姓氏的王爷。台南的南鲲鯓代天府，主祀李、池、吴、朱、范五府王爷，规模最大，香火最旺，有台湾瘟神总庙之称。据说，全台由鲲鯓代天府分灵分香出去的王爷庙宇多达100余家。

闽台各地瘟神信仰的起源、内涵和祭祀形式等，有着颇为复杂的演变过程和区域特色：

首先，从瘟神崇拜的起源本质来看，应当是一种邪神崇拜，具有播瘟传疫的神性，因而曾被官方和民间的一些有识之士所抨击乃至严禁。闽人谢肇淛在《五杂俎·人部二》中即指责："闽俗最可恨者，瘟疫之疾一起，即请邪神。香火奉事于庭，惴惴然朝夕拜礼，许赛不已。一切医药，付之罔闻。"清初，江南各地的瘟神庙宇，都曾一度以"淫祀"而被禁毁。康熙三十九年（1700年），福州知府迟惟城再度下令："毁五帝庙，撤其材以葺学宫，民再祀者罪之"。（乾隆《福州府志》卷二四《风俗》）只因瘟神信仰的民众基础很厚，而医疗卫生条件又一时难以彻底改观，因此一旦瘟疫流行，即再度滥泛。"迟卒未逾时，而庙貌巍然，且增至十有余处，视昔尤盛。"（同上）然而，在民间瘟神崇拜的实际内涵中，不管是5位舍己救人的儒生所衍化的五帝信仰，还是起源于360位儒生或进

东港东隆宫(台湾)　摄影/焦红辉

士冤死的王爷信仰，又都明显带有抑瘟或驱瘟的崇拜性质。可见在瘟神信仰的发展过程中，逐渐具备了播瘟和抑瘟或驱瘟的双重神性，或称包含邪神崇拜与正神崇拜的双重涵义。究其原因，很可能是官府对邪神的严禁与民间对瘟神信仰的需求之间，所作相应调和的一种产物。

代天府法师(台湾)　摄影/焦红辉

其次，因为福建的王爷崇拜没有形成统一的信仰中心和具有绝对权威的王爷祖庙，所以台湾王爷庙的祖庙都分散在闽南各地。即使是同一姓氏的王爷，也都来自不同的地区。如台湾的苏王爷，来自于同安、安溪等县，金王爷来自于南安、惠安等县，吴王爷来自于晋江、南靖等县，池王爷来自于晋江、平和、同安等县。且各神庙所奉祀的王爷，即使是同姓同名，所附会的传说也不甚一致，随意性较大。特别是随着王爷信仰由瘟神转变为代天巡狩的神明之后，与瘟毒无关的各种人物的传说也流行起来，被纳入王爷信仰的范围，所以，瘟神崇拜成了闽台民间信仰中最难厘清的一种信仰体系。

第三、闽台各地祭祀瘟神的仪式亦略有所异。《榕城纪闻》和《乌石山志》所载的福州地区祭五帝的仪式是：在瘟疫流行的年代，二月疫起，先鸠集金钱，设醮大傩，迎请排宴。次则设立五帝衙署，收投词状，批驳文书。再则仪仗车舆，沿街迎赛，纸糊五帝及部曲，乘以驿骑，旋绕都市四周。继作纸舟，器用杂物，择时良辰，逐疫出海，向舟而祭，呐喊喧闻。瘟船之后，备一木桶，内储猪血、鸡毛等污秽之物，号曰“福桶”，以示疫鬼恶魔皆投入其中，最后将瘟船和福桶，导至海边，推入水中，举火焚之。“一乡甫毕，一乡又起，甚至三、四

乡，六、七乡同日行者。自二月至八月，市镇乡村，日成鬼国。”（海外散人：《榕城纪闻》崇祯十五年条）其规模之大，时间之长，其他的敬神活动，无与伦比。若是在一般的年份，则基本上是在传说的五月初五祭奠日前月余，即开始酬愿演剧，延巫祈祷，扎竹糊纸船，焚化于海边。闽南与台湾盛行的是“送王爷船”习俗。一般年份，每年或隔三、五年，举行一次“请王爷”逐疫大典。一旦瘟疫流行，则人心惶惶，随时祭拜。每届举行之期，就要先期醵金建造王船，以牲醴致祭，并有各种赛神活动。最后将王船送出海洋，任其漂泊。泉州、厦门等地的瘟船多是木制真船，泉州富美宫附近还有一所专门制造“王爷船”的工场。台湾的“王爷船”，有纸糊，焚诸水次者；也有木制，任其漂泊者。漂泊某岸，则其乡多厉，必更禳之。民间还传说，台湾南鲲鯓代天府的五府王爷，在代天巡狩时，各有分工。大王李府千岁主巡澎湖，二王池府千岁主巡北部，三王吴府千岁主巡南部，四王朱府千岁携照妖镜留庙主发签诗，五王范府千岁精通医术，为民治病。由于人们对瘟神极度畏惧，战战兢兢，尽管各地祭仪不甚一致，但普遍肃静恐怖，震心动魄。尤其是妇人小儿，大都不敢贸然观望，敬而远之，惟恐触犯瘟神，招祸全家。

10. 保生大帝

保生大帝（979—1036年）原名吴夲，字华基，号云冲，人称吴真人、大道公、花桥真人等，泉州府同安县白礁人。宋人杨志所撰的《慈济宫碑》说：吴夲“弱不好弄，不茹荤。长不娶，而以医活人。《枕中》、《肘后》之方，未始不数数然也。所治之疾，不旋踵而去，远近以为医神”。58岁时， 因上山采药跌下悬崖，伤重致死。“既没之后，灵异益著。民有疮疡疾，不谒诸医，惟侯是求……乡之父老，私谥为医灵真人，偶其像于龙湫庵”。（乾隆《海澄县志》卷二二《艺文志》此为吴夲庙祀之始。

保生大帝(福建) 摄影/梁希毅

花桥保生大帝正殿(福建)　摄影/梁希毅

南宋开始，保生大帝的信仰得到了普及，其神职亦日渐增多，各种传说遂应运而生，影响与日俱增。绍兴二十一年（1151年），龙海的青礁和同安的白礁相继建起了慈济宫。不久之后，“不但是邦家有其像，而北逮莆阳、长乐、建（建阳）、剑（南平），南被汀（汀州）、潮（潮州），以至二广，举知尊事”。（庄夏：《慈济宫碑》，乾隆《海澄县志》卷二二《艺文志》）民间传说，自宋乾道元年（1165年）开始，南宋朝廷曾先后14次敕封吴夲。只因无一得到正史或政书之类的史籍印证，且与宋代的敕封规制不大吻合，所以使人对这些封号的可信程度不得不产生怀疑。

明清时期，是保生大帝信仰的鼎盛期。作为神灵的吴夲形象，更加丰富多彩。因传说吴夲曾先后显灵，帮助宋高宗摆脱金兵，建立南宋朝廷。明太祖在鄱阳湖与陈友谅大战时遭狂风之险，亦得吴夲神助，又施药治愈了永乐帝后的乳疾等，有功于国家和帝室，故深受明朝统治者的青睐。自洪武五年（1372年）至洪熙元年（1425年）的53年间，明朝政府就前后四次敕封吴夲，封号高达“昊天金阙御史慈济医灵冲应护国孚惠普祐妙道真君万寿无极保生大帝”。由于统治者的极力提倡和褒扬，保生大帝的信仰热潮迅速高涨。保生大帝虽然同时受到明廷的礼遇，但是其信仰中为民治病的根本内涵以及消灾除患、御寇弭盗等保护地方的神职均没有改变，所以一直保留着深厚的民间信徒基础和广泛的信仰圈。

明末清初，在郑成功入台之前，保生大帝的信仰就随同安移民分香入台，成了同安移民筚路蓝缕的精神支柱，被尊称为“开台大道公”。康熙《台湾县志·杂记志》中就曾记载了一座建于荷据时期、在广储东里的大道公庙。郑成功收复

八百年的保生大帝神像是当年泉州移民由保生大帝的故乡白礁所请来的(台湾)

台湾之后，在台南的学甲镇修建了一座慈济宫，专祀保生大帝，宫内还奉祀一尊直接来自白礁祖庙的宋雕神像，故有开基祖庙的性质。此后，闽南的移民聚居地普遍建起了供奉保生大帝的庙宇。到了康熙统一台湾时，全台已有了21座保生大帝庙。直至日据时期，台湾保生大帝信仰，尚一直处于上升的趋势。据《重修台湾省通志·住民志·宗教篇》统计：1918年全台保生大帝庙宇有109座，1930年增至117座。

保生大帝在闽南和台湾影响甚大，香火最旺的数同安白礁慈济宫、龙海青礁慈济宫、晋江宝泉庵、泉州花轿慈济宫、台北保安宫、台南学甲镇慈济宫等。每逢农历三月十五日的保生大帝神诞，总要假庙宫演戏，迎神赛会，抬像绕境游行。台南学甲镇慈济宫自创庙开始，每逢神诞前的三月十一日，例行返回同安白礁慈济宫行割香之礼，俗称“上白礁”。日据台湾的后期，因日本殖民者的阻挠，在无法返回祖庙割香的年份，只好面向大陆遥祝叩拜行香，以示追本思源，祈求风调雨顺。三百

台南学甲慈济宫（台湾）

多年来，这种“上白礁”之祭典，行之不辍，名闻遐迩，成了维系两岸骨肉同胞的又一根无法割断的精神纽带。

在闽台两地保生大帝信仰的祭祀仪式中，具有两个比较明显的特点：一是在神诞日祭典礼仪中迎神送神的颂歌形式，为其他民间神祇所罕见；二是在保生大帝的宫庙中，几乎无不备有药签，以供信徒们问病求卜，祈祷明签赐药。尽管明清时期，保生大帝已完全成了有求必应、无所不能的地方保护神，而祛病愈疾的医神职能则始终都是其信仰的核心内容。

开漳圣王像

开漳圣王分身

开漳圣王庙内景（福建）
摄影/梁希毅

11. 开漳圣王

开漳圣王是唐朝首任漳州刺史陈元光的神化。陈元光（657—711年）字延炬，号龙湖。原籍河南光州固始。唐咸亨元年（670年），随父陈政入闽。仪凤二年（677年），父政死，代领父兵，平闽粤之乱。垂拱二年（686年），元光上疏唐王朝请建一州于泉、潮之间。四年（688年），敕建漳州。陈元光治漳20余年，安抚地方，开辟荒土，吏治廉正，政绩卓著。殁后，追封为“颍川侯”，敕建威惠庙，漳人建庙于云霄，尊称“开漳圣王”，奉为地方保护神。宋代以后，威惠庙逐渐遍及闽南城乡。仙游、福清、南平等地，也有奉祀陈元光的庙宇。开漳圣王的祭祀仪式颇为隆重，嘉庆《云霄厅志·祀典》载：“考漳威惠庙，岁以春秋仲月，祭牛一羊一豕一笾四豆四簋各一爵三，帛一。”每逢二月十五生辰、十月初五忌日、四月初十封王日，都要举行盛大的迎神赛会祀典。届时，所有开

宜兰永镇宫(台湾)

宜兰永镇宫供奉的开漳圣王金身(台湾)

漳圣王的庙宇，香烟缭绕，祈祷之声不绝于耳。漳浦、云霄等地，同时供奉陈元光的夫人、儿女及随从入闽的部将，形成了一个陈元光神系。

明末清初，漳州人移垦台湾之初，就携带了陈元光的神像及香火。随着漳籍移民活动区域的不断扩大，开漳圣王的庙宇亦陆续增多。在台湾，除了漳州移民之外，闽南其他地方的陈氏移民，也多有奉祀陈元光的。据《重修台湾省通志·住民志·宗教篇》统计，至1918年，全台的开漳圣王寺庙有53座，主要集中在宜兰一带的漳籍移民聚居地，祭祀仪式与闽南基本相同。

闽台开漳圣王的信仰，往往有许多分身。每逢庆典日，主神镇庙不动，其分身神像则由信徒请回家中，设坛祭祀。祭祀庆典结束后，可再送回所请的神庙。另外，作为陈元光的后裔，又在陈氏祠堂中设立神位，实行神灵崇拜和祖先崇拜的双重祭祀。

台湾各地的开漳圣王庙大多分香于漳州的北庙、漳浦的西庙和云霄的威惠庙。从清代开始，台湾信众到这些祖庙进香谒祖的络绎不绝。近年来，随着两岸经济文化交流的日益频繁，来大陆祖庙进香的台湾同胞日益增多。据不完全统计，近几年台胞到云霄进香的就有上百个团队，二三万人。

12. 开台圣王

延平郡王

开台圣王是民族英雄郑成功的神化，亦称开台始祖、开山圣王、开山之神、延平郡王、国圣爷、郑国姓、国姓爷等。郑成功收复台湾的英雄事迹，功勋耀天。殁后，台湾人民为了纪念他，纷纷自发建庙立祠，供奉祭祀。早在清康熙三十五年（1696年）修的《台湾府志·寺观》中就有了“开山王庙，在附郭县东安坊”的记载。由于政治上的原因，在清代很长一段时期内，台湾人民尚不敢公开或大张旗鼓地祭祀郑成功。直至清同治十三年（1874年），福建船政大臣沈葆桢上书奏请褒扬郑成功，赐谥敕建专祠。光绪元年（1875年），清政府敕准所请，封郑成功为“延平郡王”，随后在台南原开山圣王庙的遗址上，修建了延平郡王祠，由民间祭祀发展到了地方政府的祭祀。全台奉祀郑成功的庙宇遂不断增多，据《重修台湾省通志·住民志·宗教篇》统计，1918年全台有48座，1930年增至57座。据20世纪末的调查，台湾各地现有祭祀郑成功的庙宇140

台南延平郡王祠正殿(台湾)

延平郡王祠(台湾)

郑成功纪念馆(福建)

郑成功“海上视师”处(福建)
摄影/梁希毅

多座。其中延平郡王祠规模最大、香火最旺、祭典最隆。

在福建，郑成功的家乡南安县石井乡“郑氏祖祠”被台湾所有尊奉郑成功的庙宇或郑氏宗亲会视为祖庙，成千上万的台胞不辞云水浩渺前来拜谒瞻仰。在厦门，保存了不少郑成功收复台湾的遗迹，如演武场、演武亭、演武池、延平故垒、龙头山寨、水操台、郑成功纪念馆等。每天，吸引着成千上万游客前来凭吊瞻仰。

13. 清水祖师

清水祖师，又称祖师公、蓬莱祖师、明应祖师、清水真人、昭应大师，因其神像脸色黝黑，且传说显灵时，鼻子会落下，故俗称乌面祖师、落鼻祖师等。宋人陈浩然的《清水祖师本传》等称：清水祖师本姓陈，名普足，福建永春小姑乡人。生于宋景祐四年（1037年）。自幼出家大云院，得法于大静山的明禅师。道成业就后，归居乡里，施医济药，铺路建桥，造福众人。宋元丰六年（1083年），安溪大旱，传说众请祈雨，刚至蓬莱，雨随霑足，遂名声大噪。乡民便在蓬莱建庙，请他主持。宋建中靖国元年（1101年），圆寂于安溪清水岩。越三日，神色不异。乡民为了纪念他，筑亭刻像，奉崇祭祀，香火盛行一时。

从《安溪清水岩志·敕封》所载得知，南宋隆兴二年（1164年）、淳熙十一年（1184年）、嘉泰元年（1201年）、嘉定三年（1210年），朝廷先后

清水祖师(台湾)

淡水清水祖师庙(台湾)

四次敕封清水祖师，最后的封号为“昭应广惠慈济大师”。元代至元年间，清水岩的寺庙得到扩建。元末明初，曾一度衰微。明嘉靖以后日渐复兴，香火遍于八闽。到了清道光年间，“自上游延、建、汀、邵，以及下游福、兴、漳、泉，晋殿而分香者，不胜纪数”。（《安溪清水岩志》卷上《重修清水岩捐资小引》）

明末，安溪移民将清水祖师分香分身入台， 视其为垦殖的保护神。据《重修台湾省通志·住民志·宗教篇》统计，至1918年，全台祭祀清水祖师的庙宇有36座，1930年增至83座，其上升之势颇为迅速。至1994年统计，台湾有清水祖师庙98座，由此可见，清水祖师成为台湾最有影响的神灵之一。台湾清水祖师庙宇多集中在安溪移民的产茶区，最著名的是三峡祖师庙，建于清乾隆三十四年（1769年），庙宇造型精美，具有独特的建筑风格。

三峡祖师爷分身(台湾)

闽台清水祖师的信仰内涵以祈雨为主，尚有驱鬼、防盗、御贼、算命等神职，民间有关的神话传说丰富多彩，是一位比较典型的佛教俗神。其最有特色的祭祀仪式是隆重而烦琐的迎春绕境风俗。

近年来，台湾信众来福建安溪清水岩进香谒祖

广泽尊王（福建） 摄影/梁希毅

的源源不断。据统计，从1987年至1990年底，有台胞5万多人次来清水岩朝拜，恭迎清水祖师神像近300尊去台湾。台北三峡礁溪里的苏万发等9名信徒，还在蓬莱山的石崖上刻了“溯本思源”四个大字，表达了海峡两岸同亲缘同神缘的木本水源关系。

14. 广泽尊王

广泽尊王原名郭忠福，俗称郭圣王、郭王公、郭尊王、保安尊王等。福建南安人。杨浚的《凤山寺志略》称：“郭忠福生于后唐同光中二月二十二日，其父逝世后，随母居南安十二都郭山。少为人牧牛，意气豪伟。一日，忽取瓮酒牵牛登郭山，坐于绝顶古藤上垂足而蜕化。酒尽于器，牛存其骨。里人异之，立庙奉祀，号曰“将军庙”。

民间传说，南宋之初里人吴德奉忠福神香火入京，适值皇宫起火，神麾以白旗，火遂灭。朝廷于绍兴六年（1136年）十一月，“赐庙额威镇”，十三年十二月（1144年），封“忠应侯”。（《宋会要辑稿》礼二〇之一六一）可见广泽尊王的信仰，在南宋初期就得到了朝廷的承认和扶持。

明清时期，广泽尊王的信仰圈已逐步扩大，庙宇增多。至清末，仅南安县就有十余座的广泽尊王庙。闽东、闽北等地也陆续有了广泽尊王的庙宇或神像。

广泽尊王的信仰约于清初入台， 大多是从南安凤山寺祖庙分身分香而去的，所以台湾的大多数广泽尊王庙宇是以凤山寺或凤山宫命名。据《重修台湾省通志·住民志·宗教篇》统计，1918年全台奉祀广泽尊王的寺庙为21座，1930年增至26座。据1985年调查，台湾共有广泽尊王庙55座。其中最负盛名的是台南西罗殿，300多年来香火不断。

广泽尊王香案（福建） 摄影/梁希毅

台南西罗殿

台南西罗殿供奉的广泽尊王(台湾)

南安凤山寺匾额(福建)

凤山记碑刻(福建)
摄影/梁希毅

闽台两地广泽尊王信仰的内涵，是以消灾御患、保国佑民为核心，又俗称其善于治病，属将有13太保（一称13太子）和107将，各有神通，自成一个庞大的道教俗神系统。颇有特色的祭祀仪式是三年一次的祭神先茔活动。“凡谒茔之岁，近如浙粤，远如蜀楚，即至外洋，白叟黄童，扶携跋涉，不惮千里。”（杨浚：《凤山寺志略》卷一《先茔》）自春至秋，白昼肩摩踵接，即秉烛夜行亦不绝。但见山麓四火龙，蜿蜒而上，亦云盛矣。

民国十六年（1927年）之前，台湾的广泽尊王信徒，每三年都要组团一次到南安县凤山寺祖庙进香朝拜。后来，由于战乱等原因而中断。近年来台湾进香团又蜂拥而至，仅1990年就有50多个进香团前来凤山寺祖庙谒祖。1991年3月，台南西罗殿进香团一行114人，第三次来南安凤山寺朝拜，显示了这座开台广泽尊王庙与南安凤山寺的源流关系。

15. 灵安尊王

灵安尊王，俗称青山王或青山公。有关来历，传说种种。一说原为泉州府惠安县知县张某；一说是原惠安县城隍爷；又说是姓张，名悃，原为三国东吴孙权的副将，奉命镇守惠安，立寨青山，任内廉正，极受尊敬，殁后，乡人立庙青山以祀。而最为普遍的说法则是：灵安尊王原为五代闽国将领张悃，尝立寨惠安青山。为了保护乡闾平安，“悃集民兵训练之，旗鼓严肃，刁斗时巡，青山一带，盗不敢犯，桑麻无恙，鸡犬安宁。殁后，常出灵异，海寇登岸，每见旌旗散空，

灵安尊王祖庙(福建)　摄影/梁希毅

金鼓时鸣，辄自引去”。（嘉庆《惠安县志》卷二八《武绩》）因抵御海寇，保民有功，被奉为惠安的地方守护神，尊称“惠安境主”，乡人庙而祀之，香火长盛不衰。南宋绍兴五年（1135年）十二月，赐庙额“诚应”。绍兴十九年（1149年）八月，封灵惠侯。嘉定十四年（1221年）二月，又加封“灵惠广济通泽永康侯，妻昭顺协应夫人加封昭顺协应宁德夫人”（《宋会要辑稿》礼二一之三六）明朝隆庆至万历年间，惠安知县叶春及曾严禁师巫邪术，力毁境内淫祠510多所。由于青山宫“有司岁致一祭，有其举而莫之废也，余循故事祭之”。（叶春及：《惠安政书》卷二《地理考》）可见其信仰在惠安一带有着十分坚实的社会基础，历任惠安县官吏，每年都要带头祭祀青山王。到了清代，惠

惠安青山祖庙(福建)　摄影/梁希毅

安一带的大小青山宫有上百座，信徒甚多。

清代嘉庆之初，惠安移民渡台时，纷纷请去了青山王的分身和分香。嘉庆五年（1800年），彰化县芬园乡建起了最早的一座灵安宫。至1949年，全台共有青山王的庙宇5座。虽数量不多，信徒供奉尤笃，以台北龙山的青山宫香火最旺。

闽台两地，每逢三月初十和十月二十二日，青山王的信徒们势必举行升化日和神诞日的祭祀活动。尤其是神诞祭典，抬神像绕境出游，庙内庙外，人山人海，大街小巷，张灯结彩，家家户户，设香案供花果，热闹非常。

16. 定光古佛

定光古佛，又称定光佛、定光大师、定光菩萨、定应大师等。南宋编修的《临汀志·仙佛》记载了定光古佛信仰的起源：

敕赐定光圆应普慈通圣大师：郑性，法名自严，泉州同安县人……幼负奇识，年十一，恳求出家，依本郡建兴寺契缘法师席下。年十七得业游豫章，过庐陵，契悟于西峰园净大师，由是风（疑作夙）慧顿发，遂证神足。盘旋五载……乾德二年（964年）届丁之武平……（大兴祥符）四年（1011年），郡守赵公遂良闻师名，延入邵斋，结庵州后，以使往来话次……八年（1015年）正月六日申时……右胁卧逝，春秋八十有二，僧腊六十有五。众收舍利遗骸骼，塑为真相……熙宁八年（1075年），郡守许公尝表祷雨感应，诏赐号“定应”。崇宁三年（1104年），郡守陈公粹复真相荐生白毫，加号“定光圆应”。（《永乐大典》辑校本）

看来定光古佛生前只是北宋时期的一名普通僧人，殁后被汀州民间奉为地方神祇，焚香祭拜。因祷雨有功，诏赐封号。

南宋开始，定光古佛的信仰有了很大发展。传说绍兴三年(1133年），定光古佛在江西虔化显灵御寇，朝廷累累加封。绍定三年（1230年），再次显灵保佑汀州城。嘉熙四年（1240年），汀州百姓向朝廷请封，准请赐封“定光院额”，改封号为“定光圆应普慈通圣大师”。定光古佛生前住过的汀州武平南安岩均庆寺成了信仰的中心，影响已北及江、浙，上达朝廷。

宋末元初，武平南安岩均庆寺曾一度毁于兵火。元朝陆续修复，亦曾敕封定光古佛。到了清代，“元时所颁诰敕亦尚存寺中”。（杨澜：《临汀汇考》卷四《山鬼淫祠考》）据元人刘将孙《临汀路南安岩均庆禅寺修造记》云：元大德癸

客家始祖神位(福建)　摄影/梁希毅

卯年（1303年），南安岩均庆寺“宝轮炫耀，栋宇高深，龙蛇通灵，护持显赫”。（刘将孙：《养吾斋集》卷一七）其影响及规模均已大大超过了宋代。

明清时期，定光古佛的信仰日臻鼎盛，寺庙剧增。“定光禅院于临安、于泉南、于江右无弗有，而汀为最著。”（杨澜：《临汀汇考》卷四《山鬼淫祠考》）被闽西客家方言区奉为最灵验的神祇，汀州的第一保护神。到了清末，在汀中古刹大多庙貌剥落的情况下，“俗中敬奉者，只有定光二佛”。（同上）

清初，入台的汀州移民，不忘定光古佛之恩，继续祈求保佑，分灵分身台湾，朝夕供奉香火。定光古佛很自然地又成了在台汀州客家移民的守护神。清朝乾隆至道光年间，彰化、台南、淡水等地，均建有奉祀定光古佛的庙宇。台湾最大的定光古佛庙是淡水鄞山寺，其建筑材料来自大陆，其供奉的定光古佛迎自永定鄞山寺。淡水鄞山寺借每年农历正月初六举办的定光古佛祭典，联谊在台客家人，祈求神灵保佑，成为在台闽西客家移民的信仰中心。

从以上对闽台富有代表性的神祇的介绍可以看出，福建和台湾的神缘存在着木本水源的关系，由于历史上台湾的移民绝大部分来自福建，因此其民间信仰诸神也来自福建。这种关系至今还通过分灵（或分香、分身）和进香谒祖两个方面延绵下来，成为维系两岸骨肉同胞的一条重要纽带。

闽台宫庙之间的分灵主要通过分身和分香来实现的。历史上福建人移居台湾，往往带去故乡的神灵在新开拓的地方建宫庙奉祀，这就是“分身”；有的移民则只奉请故乡神明的“香火袋”或神符到台礼拜，俗称“分香”。这种分身或分香直至当代仍在继续，不少台湾信众到福建拜谒祖庙时，恭请祖庙的神像、神符、香火袋、香灰等回台供奉。另一方面，移居台湾的福建信众及其后裔，有强烈的溯本思源情结。他们尊奉家乡的宫庙为祖庙，以在台湾的宫庙为分庙，定期由在台开基庙发起，各分庙参加，组成赴闽进香团，到福建祖庙进香谒祖，参加祖庙的祭典，捐资修建祖庙。除这种较有组织的进香团外，还有不计其数的零星朝拜者来福建各祖庙进香谒祖，恭请祖庙的神像、香火袋、神符等。总之，都想通过进香谒祖来证明自己是祖庙的“直系后裔”，使历史上的这种源流关系得到保持和增强。这不单是海峡两岸民间信仰中祖庙与分庙的源流关系，而更蕴含着两岸骨肉同胞对中华传统文化的认同。

闽台绝大多数民众认为，寺庙是他们烧香祈神的所在，在寺庙中他们可以请求无所不能的神佛，设法满足他们的愿望，保佑他们的健康平安，达到祈福禳灾的目的。对于一般民众来说，这些神属于什么教派并不重要，重要的是这些神是否灵验，是否有交、签诗作为他们与神明沟通的工具。他们逢庙烧香，见神就拜，并不计较所拜的、所进入的寺庙，是属于佛教、道教或其他什么教。只要是庙祀的神明偶像，具有超自然的神力，就能作为祈祷礼拜的对象。因此，有时候

祈祷(福建)　摄影/周跃东

一个到庙中拜奉的信徒，甚至不知道他所拜的是什么神，正如闽南谚语所说“拿香随拜”，显出一种“虔诚的茫然”。

东隆宫祭祀活动(台湾)　摄影/焦红辉

明清时期，福建、广东两省渡海来台湾开拓的移民，绝大部分是文化层次很低的下层民众，故其信仰程度极低，近于迷信。他们到台后面临着瘴疠、毒蛇猛兽及“土番”的威胁。在这巨大的环境压力下，他们觉得依靠自身力量很难取得生存，故祈求得到神鬼的保佑，躲避一切的灾厄，得到健康、平安与财富。因此，他们的信仰特别具有功利主义的色彩。其祭祀对象，则不问其系神佛，抑或儒道乃至枯骨、木石，只要灵验，尽管磕头烧香。

闽台一般家庭，正厅必奉祀神佛及祖先。除早晚在家烧香奉拜外，初一、十五或神佛诞节时到寺庙拜拜，其他家中遭有大小凶吉事，也常到寺庙祈求拜谢。

闽台拜神鬼，从其目的来看，大致主要有五种类型：一是对神鬼表示崇敬；二是向神鬼祈求；三是向神鬼谢恩；四是向神鬼谢罪；五是为避祟而拜神鬼。表敬之拜拜，往往是每天早晚、每月朔望或神鬼诞忌日时定期进行。祈求则是在有事要问神鬼求神鬼保佑时进行，如婚姻、疾病、生子、求学、晋升、搬家、旅行等，甚至连失物、寻人乃至家庭事故，无一不问神鬼，抽签卜卦。谢恩是在向神鬼所祈求之事实现或灵验之后，为表感激之情而专门为之。谢罪拜拜比较少见，如五月十三日城隍祭时，表示服罪，戴上纸制枷锁等。避祟则多数是惑于巫觋风水之说，在修墓、建房、盖灶厨时为之。

闽台民间信仰既是以灵验为本位，有灵验则有神，依灵验而神祀，所以是否有系统的教义教理是无关紧要的。闽台民间信仰正是由于没有系统的教义教理，故也不需要职掌传播教义教理的专门神职人员。他们主要通过巫觋或抽签占卜等方式来与神鬼沟通，来证实灵验。

按常理说，我们通过民众所举行的宗教或民间信仰活动，可以辨别他们的信仰派别，是信佛、信道，还是信巫等。但是闽台民众所举行的这些活动，往往是佛、道和民间信仰的混同。他们对形形色色的神鬼一视同仁，一律是上蔬果、酒肉（佛教神某些信徒讲究素供），烧香、点蜡烛，下跪，磕头等。菩萨与神仙齐飨，鬼怪和祖先共祭。又如在丧葬中，一般要请和尚或道士来念经作法，超度亡魂。如道光《厦门志》卷15《俗尚》云：丧事“延僧道礼忏，有所谓开冥路、荐血盆、打地狱、弄铙钹、普度诸名目，云为死者减罪资福。”台湾丧葬“若入殓，若头七（头七俗名‘开魂路’），若过旬（七日一旬，富裕之家必延僧道或菜公诵经设祭一次），若卒哭（俗名‘撤灵’），若安葬，必请其披袈裟（袈裟，僧衣也），礼诵弥陀经、金刚经、梁皇忏及血盆等经，以超度亡者。……丧主按其勤劳，出资酬谢焉（乡下僧少，均用道士，间有请禅和者）。”（《安平县杂记·僧侣并道士》）从闽台过“中元节”也可清楚看出民间信仰中混合儒释道的特征。从儒家角度看，中元节的主要活动是祭祀祖先，超度亡魂，所以称作鬼节。闽南、台湾流行“月半不回无祖”的说法，“月半”即是七月十五日，外出的人不论远近，在这一天都要回家祭祖。从佛教角度看，中元节是盂兰盆会。据《盂兰盆经》所载，众僧在四月十五日“结制”于庙中持诵经咒，一共过了九十天，在七月十五日“解制”，此后可以四处行走。宋吴自牧《梦粱录》卷4《解制日》中谓之“法岁周圆之日”，相传在这天修供，其福报可百倍。因此，佛教徒在七月十五日举行盂兰盆会。民间的盂兰盆会受《大藏经》中目莲救母的故事影响很大，因此，在七月十五日纷纷演出《目莲救母》的杂剧。从道教的

太子爷出巡（台湾）
摄影/焦红辉

角度看，七月十五为“中元赦罪地官清虚大帝”的生日，大帝将降福人间，考察人间善恶，所以，在当日有祭拜地官大帝的仪式，民间称之为“拜三界公”。

正由于闽台民间信仰以功利主义为其出发点，不注意教派、教义、教理的区分，因此具有很强的多神崇拜和儒释道诸神共存互补的色彩。如台北县的慈护宫正殿祀妈祖，陪祀孔夫子、释迦佛、李老君及王母娘娘，东西庑则分祀水仙尊王、福德正神及神农大帝、关圣帝君。福建建瓯县福慧禅寺奉祀的神灵有佛教系统的三宝如来、迦叶、阿难三弟子、文殊、普贤、十八罗汉、弥勒佛、四大金刚、韦驮、毗卢佛等，也有道教系统的太阳神、月宫娘娘、祖师公，还有儒家系统的孔子、颜子、曾子、子思、孟子、文昌帝君、魁星等。闽台民间信奉的神明虽然极为繁多庞杂，但相对说来，他们往往更加崇拜本地区更为亲近的保护神，如沿海居民普遍信仰妈祖，为求得航海的平安无事；信仰保生大帝，是为了对抗瘴疠肆虐，保佑健康。

闽台民间信仰由于受功利性的支配，因此，在一般民众的观念中，仅有一个上帝是难以处理人世间事无巨细的繁杂事务，众神各司其职，多供奉一个神灵，就多一层或多一方面的保护，供奉的神灵越多，所得到的庇护就越周到越稳定。因此，历史上，闽台民间对于各派神明兼容并包，来者不拒，并且还大量创造本地区特有神明。其数量之多，供奉之离奇，在全国都属罕见。正是“淫祠多无算，有宫又有馆，捏造名号千百款，禽兽与水族，朽骨与枯木，塑像便求福”。（吴增：《泉俗激刺篇·

出巡（福建）　摄影/周跃东

歌仔戏演出(台湾)

多淫祠》)“邪怪交作，石狮无言而称爷、大树无故而立祀，木偶漂拾，古柩嘶风，猜神疑仙，一唱百和，酒肉香纸，男妇狂趋。平日扪一钱汗出三日，食不下咽，独斋僧建刹泥佛作醮，倾囊倒箧，罔敢吝啬”。（道光《厦门志》卷15《俗尚》）

闽台的民间信仰活动，绝大部分不是在庄严肃穆的气氛中进行的。人们往往搭台演戏，欢聚宴饮，观灯游戏，在欢乐嬉笑喧闹中娱神、娱鬼，并自娱娱人。

闽台民间每逢神诞之日，除了牲礼祭拜外，还要演戏娱神、酬神、媚神，以表达信徒心中的祈求、感激或敬畏等。这种聘请戏班演戏的活动，少则一、二日，多则一个多月。尤其是三月二十三日妈祖诞辰，闽台各地数以百计的妈祖庙必举行隆重庆典，并演戏连台，以示庆贺。正如《噶玛兰厅志》载：“相传三月二十三为天后生辰，演剧最多。先期书贴戏彩，某姓以刚日，某姓以柔日。盖漳属七邑，开兰十八姓，加以泉、粤二籍，及各地经纪商民，日演一台，轮流接月，每自三月朔，至四月中旬始止。”

除演戏外，闽台民间还经常在神诞日或年节举行盛大的迎神、游神活动。“一庙之迎，动以十数像，群舆于街中，且黄其伞，龙其辇，黼其座，又装御直班以导于前，僭拟逾越，恬不为怪。四境闻风鼓动，复为俳优戏队。相胜以应之人，各全身新制罗帛金翠。或阴策其马而纵之，谓之神走马；或阴驱其轿而奔走，谓之神走轿。男女聚观，淫奔酣斗……有司不能明禁，复张帐幕以观之，谓之与民同乐。且赏钱赐酒，是又推波助澜，鼓巫风而张旺之。”(光绪《漳州府志》卷三八《民风》)“壬子三月二十三日，为天后神诞。前期，台人循旧俗，迎嘉邑北港庙中神像至郡城庙供奉，并巡历城厢内外而回。焚香迎送者，日千万计。……神舆出巡，舆夫皆黄衣为百夫长，众皆听其指挥。郡城各庙神像，先皆舁之出迎，复送天后

艺阵表演(台湾)
摄影/梁希毅

闽西迎神活动（福建）　摄影/周跃东

出城而后返。举国若狂，虽极恶之人，神前不敢为匪；即素犯罪者，此时亦无畏忌，以迎神莫之敢撄也。”（徐宗干：《斯未信斋杂录·壬癸后记》）

这种迎神、游神活动，与其说是祭神、娱神、敬神，毋宁说是民众在辛苦劳动之余的休息和娱乐，是一幅绚丽多彩的盛大狂欢节的图卷。一介子民，竟敢僭拟逾越，摆起皇家的气派和场面，“黄其伞，龙其辇，黼其座，又装御直班以导于前”。平常是礼教森严，尊卑有序，男女授受不亲，此时则“俳优戏队”，“男女聚观，淫奔酣斗”，“举国若狂”。

“闽人好鬼，习俗相沿，而淫祀惑民，从未有淫污卑辱诞妄凶邪列诸象祀公然祈报，如闽俗之甚者也。”（道光《重纂福建通志》卷55《风俗志》）福建人的这种好鬼习俗随着移民带到台湾，而且愈演愈烈。正如何竟山在《台阳杂咏》中所云：“闽人信鬼世无俦，台郡巫风亦效尤。”（《台湾杂咏合刻》）

中元节虽然具有三教合一的特征，但从闽台民间来看，其最重要最深入人心的还是作为一个“鬼节”。人们普遍认为七月为“鬼月”，相传自六月三十日午夜起，冥府鬼门大开，放生饿鬼，到七月底为止，整整一个月。我国各省民间在七月都要举行祭典，但在福建、台湾尤其盛大。

民间相信自阴历六月三十日午夜后，鬼门大开，各家各户开始接待地狱中放出来的孤魂。家家户户门前屋檐下挂一盏灯笼，灯上往往一面写“阴光普照”或“庆赞中元”，一面写“路灯”，另有小字题“弟子某某敬点”。相传这种路灯是为鬼照引路途用的，由六月三十日起至七月底，每夜不断。如光绪《漳州府志》卷38《民风》载：“七月半作盂兰会，延僧设食，祀无祀之鬼。夜以竹竿燃灯天际，联缀数枝，如滴如坠，望之若星，谓之作中元。”各寺庙也在庙庭高竖灯篙，作为孤魂聚集的标识，据说灯篙挂得愈高，远处愈能看见，前来接受普施的鬼魂也愈多。闽台中元节还有“放水灯”的习俗，由僧道念招魂之偈，引导水中孤魂上岸，然后大家把灯火放入河中，任水流去，接引水中孤魂，接受次日的普度款待。如民国《龙岩县志》卷21《礼俗志》云：“夜放水灯……初更时，由东兴桥沿溪而下，照溺鬼路，每放近千盏。”台湾也是“制灯盏，沿海浮之，众灯齐燃，灿若列星，名曰‘放火灯’，亦谓水陆会。”

进香迎神(台湾)

初一下午，每家在各自的门口摆上饭菜，焚烧纸钱、经衣，以祭祀孤魂野鬼。到各地普度当日（一般在七月十五日），还搭建孤棚，棚上置各户提供的祭品，用竹器盛装，称为“孤盏”，有鸡、鸭、鱼、粽、馒头、米饭、水果、烟酒等，极为丰富，“铺设极盛，猪、鱼、鸡、鸭等类，积如冈阜”。（何竟山：《台阳杂咏》，载《台湾杂咏合刻》）因为民间相信孤魂

娱神演出(台湾)　摄影/梁希毅

王船祭典中的表演(台湾)

野鬼平时无人祭祀，因此，祭品应求丰富。因为如果饿鬼不能吃饱，他们就会作祟。即使如此，民间还惟恐祭品不敷供应，乃以诵经念咒，以求以一化十，以十化百，以百化千，为之普施。并以为孤魂中罪孽重大者，过食时口中出火焰，食物不能下咽，念咒以消除火焰，以期普施。正如刘良璧《重修福建台湾府志》所云：“黄昏后，登坛说法，撒物食羹饭，名曰‘放焰口’，亦曰‘变食’。以一粒饭可以化作百千粒饭，供祀无祀之鬼，谓之‘普度’。”法事完毕之后，满台的供品任人抢走，称为“抢孤”。无奈孤棚上的供品，都摆得很高，而来抢的人又很多，不是轻易能抢到手。因此，有的人竟然使用暴力，互相推撞打斗，甚至造成严重伤亡事故。祭品之所以让大家来抢，这是因为祭主们相信，饿鬼的动作敏捷可怕，可是当他们正在吃祭品时，突然来了一群比饿鬼还敏捷的暴徒来抢，就会把饿鬼都吓跑，而不敢再来作祟危害人们。到了七月三十日“关狱门”（闽

舞狮(福建)　摄影/储永

送王船(台湾)　摄影/张进翁

南称“关巷口”)，又得设祭。旧时漳州“关巷口”日，公府街搭起高台，堆起馒头山、菜山、饭山，竖起两根高大的灯炬，入夜满街通明。这天，还延请高僧超度水陆孤魂，信男信女都前来烧香祈福。

闽台中元节信鬼和铺张浪费的习俗遭到有识之士的指责：“流俗多喜怪，不怕天诛怕鬼害，七月竞作盂兰会。盂兰会，年年忙，纸满筐，酒满觞，刳鱼鳖，宰猪羊，僧拜忏，戏登场，烟花彻夜光。小乡钱用数百万，大乡钱用千万强。何不将此款，移做乡中蒙学堂。”（吴增：《泉俗激刺篇·盂兰会》）

闽台地区的“出海”（又称“送王爷船”、“送王船”、“王船祭”等）也是信鬼习俗的集中表现。《中华全国风俗志》下篇卷5《福建》所录《闽人佞鬼风俗记》云：“出海一事，较普度尤为重要。”丁绍仪《东瀛识略》卷3《习尚》亦云：台湾“最重者，五月出海，七月普度。”清人施鸿保云：“出海，驱遣瘟疫也。”（《闽杂记·出海》）同代人丁绍仪也云：“出海者，义取逐疫，古所谓傩。”(《东瀛识略》卷3《习尚》)傩之义就是驱逐疫鬼。早在春秋时期，就有“鬼有所归，乃不为厉”的说法。(《左传》昭公七年)闽台民间相信散瘟的厉鬼是由死而无后者和凶死者（如凶杀、溺死、冻饿而死、病死）组成，这两类鬼魂无所归依，散瘟为厉，所以必须把它们驱遣到荒无人烟的地方，使之不会危害世人，因此，波浪滔滔的大海成为瘟疫鬼的最好去处。

闽台有些地方对疫鬼采用焚化的办法，改逐疫为灭疫，寓意让瘟疫鬼葬身火海，可保全境年内平安。如福建将乐县旧时每年正月十七日送瘟

迎神(台湾)　摄影/梁希毅

请神(台湾)

神，按东、西、南、北门预制4条瘟船，每条长3丈余，高约2尺，宽约3尺，船中放置数个纸竹扎成的如真人大小的瘟神，个个龇牙咧嘴，凶恶狰狞。是日，请数名道士作法后，船头船尾各站4名青年，由20多名强壮青年抬着瘟神船在大街上巡游。后面有一匹高头大马，马上骑一个用绳索固定的杀气腾腾的“驱瘟之神”，俗称“司斩公”，马左一人执缰，马右一人扛铁锏。一路前呼后拥，吆喝声不断，还唱《送船歌》。各家各户鸣炮送行。瘟神船送至溪河大坝上，“司斩公”骑马绕船三周，众人一拥而上，刀砍斧劈，须臾捣毁船体，然后焚化。（参见《福建省志·民俗志》，第5章《民间信仰与崇拜》）台湾也有采取火化送疫鬼的，如《安平县杂记·风俗现况》云：“近海庄民有王爷醮……先一日杀生，收杀五毒诸血于木桶内，名曰千斤担。当择一好气运之人担出城外，与王船同时烧化。民人赠送品物、米包，名曰添载。是日出海，锣鼓喧天，甚闹。一年一次，取其逐疫之义也。”

普度和出海，可谓是闽台地区的大傩。究其原因是旧时代环境卫生不佳，加上该地区地处亚热带，气候潮湿炎热，恶疫不时流行；而当时的科技又很落后，医疗条件极其有限。因此，在无法用人力对这些瘟疫灾祸做有效的对抗时，人们只能寻求超自然的力量来帮助躲避驱谴瘟疫灾祸。人们通过普度，用丰盛的祭品款待饿鬼，使之不散瘟为厉。因此，闽台民间迄今流传着“普度不出钱，瘟病在眼前”的谚语。台湾民间甚至常将患病原因归为“没施舍”，“没施舍”也就是没有施舍给饿鬼或穷人。出海则是利用神（五帝或王爷）来逐疫入海，因此，出

法师（台湾） 摄影/梁希毅

海中除王船外，还有内装动物污血及腐败之物的木桶，以象征疫鬼皆收容于桶中，在载神船（即民间所称“王爷船”、“王船”、“瘟船”等）的督促下而被送入海中。出海正是通过对疫鬼的驱逐，使人们免于受到侵害。普度的施食、施舍，可谓对疫鬼是恩礼有加，惟恐款待不周；出海则用威武加以驱赶，惟恐除恶不尽。可见，闽台先民为了求得生活的健康平安，对待令人恐怖的疾疫可谓煞费苦心，恩威并济。

其次，福建与台湾在历史上先后经历了艰难的移民开发阶段。移民在筚路蓝缕的开发中，死于疾病、毒蛇猛兽、饥寒以及土著居民袭杀者比比皆是。而且，早期移民中单身者数量不少，无子无女死后沦为孤魂。清代台湾各地有不少“义冢”及“无祀坛”之类的慈善设施，就是专门为办理无后者的丧祭而设的，可见当时绝嗣家庭之多。如前所述，民间相信散瘟的厉鬼正是由凶死者和死而无后者组成，因此，闽台民众尤其重视如何对待这些厉鬼，使之不肆虐危害。他们通过盛大的普度和出海，恩威并济，从心里得到了解脱。

在闽台民间信仰中，巫觋扮演着十分活跃的角色。巫觋作为神鬼与人沟通的中介，控制了民众的信仰世界。人们遇到疾病、伤害、旱涝等各种天灾人祸，都要通过巫觋向神鬼祷告，甚至仰仗巫觋驱逐恶魔疠鬼。早在先秦时期，南方越族就以信鬼尚巫闻名于世。西汉武帝灭闽越国后，带走不少越巫，并在皇宫建越祝祠，令越巫为他祈求长生不老。闽台民间有许多女巫男觋，如“泉南古称佛国，华刹淫祠、山僧野觋，无处无之。”（乾隆《德化县志》卷8《祠宇》）福州“每一乡率巫妪十数家”。（《三山志》卷9《公廨类三·诸县祠庙》）人们企图通过巫觋以窥测天机，预知祸福，取悦鬼神，祈福禳灾，趋吉避凶。不少人对巫觋深信不疑，正如明代人谢肇淛指出：“今之巫觋，江南为盛，而江南又闽、广为盛。闽中富

作法事（台湾）

跳乩童(福建) 摄影/周跃东

贵之家，妇人女子，其敬信崇奉，无异天神”。（谢肇淛：《五杂俎》卷6《人部二》）这不仅说明闽台民间信仰具有浓厚的迷信色彩，而且显示出这是一种低级的信仰。

巫觋作为神鬼与人沟通的中介，不少人生前因法术灵验而闻名遐迩，受人崇拜，死后更被人们奉为神灵。如著名的妈祖、临水夫人、吴夲、七娘妈等，原来都是唐宋时期福建的巫觋。

福建有所谓“跳童”、“跳乩童”或“神汉”，宣称有法术使神灵附体，为人禳灾祈福。他们在驱邪、治病、释难解疑、判断吉凶时，多赤其上身，披头散发，手持刀斧自砍肩背，或爬刀梯、过刀桥，或赤足从火炭上走过，或伸手入沸腾油锅；甚至刺肩割舌，血流满面，作出种种恐怖幻术，以证明神灵附体，愚弄百姓。跳童在台湾则称乩童，民间也十分盛行，其作法术的手段与福建如出一辙。“有为乩童者，披发露臂，手持刀剑剖额、刺肤以示神灵，妄示方药；又有扶乩出字，谓神下降，指示方药，并能作诗作文，事尤灵怪，不可深知。”（《新竹县志初稿》卷5《风俗》）

台湾有所谓“法师”，又称“法官”，善符篆祈禳诸术。法师为请神明下降，于行法之时，戴头巾，披白衣，摇旗挥刀，擂金鼓，诵“请神咒”，即称神明降临。法师既召神，且用符水为人治病消灾云。名曰‘踏火’）。为人治病，亦有时灵验。”（《安平县杂记·住民生活》）法师还与乩童结合，共同作法。澎湖“有法师与乩童相结，欲神附乩，必请法师催咒，每赛神建醮，则乩童披发仗剑，跳跃而出，血流被面。或竖长梯，横排刀剑，法师猱而上，乩童随之。乡人有胆力者，亦随而上下。或堆柴火炽甚，跃而过之，妇女皆膜拜致敬焉。”（林豪：《澎湖厅志》卷9《风俗》）

福建还有一种“神姐”或“仙姑”，宣称有法术使死者魂魄附于其体，并与死者家属对话，民间称为“问亡”、“寻亡”、“讨亡人”、“勾亡魂”等。俗信人死后生活在阴间，活着的人想了解死去的亲人在阴间的生活情况，可到“神姐”或“仙姑”处问亡。问亡者先告以死者姓名、住址、生死年月等，然后“神姐”或“仙姑”烧香祷祝，伏在桌上，口中喃喃，报请阴府批准寻找所问亡魂。待亡魂附于其体后，即与问亡者对话，通常诉说亡者在阴间的生活情形，要求生者烧寄纸钱，供奉祭品，有的还会对生者提出预言或忠告。问亡者常信以为真，而受愚弄。

十二生肖将军(台湾)

福建的仙姑、神姐，台湾称为红姨或姨。她们自称有法术作灵魂媒介，能为人牵亡、问神、换斗栽花、解厄等。如《新竹县志初稿》云：“有红姨焉，托名女佛，为人问鬼探神；虽远代祖先，能勾其魂附红姨以传言。大抵皆乘便取利，妇女尤为酷信，其心牢不可破。”（《新竹县志初稿》卷5《风俗》）牵亡即上述让鬼魂附体，与问亡者对话。问神则是红姨俨然以神佛自居，指示求医方向，祈取何药，如何饮服，并言几日后病愈。换斗栽花指红姨对孕妇任意断言其胎儿为男性或女性，常人多喜男，故红姨故意断言其为女性，孕妇求之用法术改换胎儿为男性，此谓之换斗。栽花则是红姨为石女弄法祈祷，使之怀孕。解厄顾名思义就是红姨为人消除病灾等。

闽台民间还普遍存在着许多世俗道士，与民众混居，平时无特殊衣冠，一旦有宗教活动，才龙象云集。他们主要以符斋醮、扶乩祈梦、祷福禳灾、念咒驱鬼、画符降魔、超度亡灵、谢神保安等实用道术来作道场法事。于是乎，巫道难分，俗称“师公”、“司公”、“道代”、“师爷”等。因为俗信家庭疾病灾厄频仍，乃妖邪作祟所致，须请师公作法驱避。

驱邪招福、趋吉避凶实为一般民众的普遍心理，其在闽台民间信仰中也有种

种的表现。闽台民居檐上常挂一面镜子，称倒镜或白虎镜，以倒照对方，解为化凶为吉。民居、商店或堂庙的正门如正当道路时，则必须于门头或梁木上画太极或八卦，盖信画此可驱邪也。俗信太极先天地而存在，为万物之本源；八卦则为伏羲氏之创造，此二物恶魔鬼神俱不敢犯。

闽台民间常于巷道或居家门边、桥头等立石，上刻“石敢当”，用于驱邪魔祈福等。据宋王象之《舆地碑日记》载：“兴化军有石敢当”。其注云：“庆历中，张纬宰莆田，再新县洁，得一石，铭曰：石敢当，镇百鬼，压灾殃；官吏福，百姓康，风教盛，礼乐张。唐大历五年，县令郑押字记。”可见，立石敢当之俗在福建至迟唐代已出现。台湾石敢当还常刻“泰山石敢当”，据连横考证，“台有书‘泰山石敢当’者，或以泰山为其里居；盖以《三国志》管辂‘有泰山治鬼’之言，因而附会耳。”（连横：《雅言》，台湾文献丛刊本第75页）据《台湾省通志》卷二《人民志·礼俗篇》载：“澎湖岛民以烈风卷飞土沙为一种煞气，怖之甚。因此于岛内澳乡各路头竖立‘石敢当’石碑以镇煞。澎湖此石碑之多，不特为全台之冠，即在大陆亦属罕见。”

闽台民间招福的通常做法是在壁、柜、箱、橱、桶等贴上各种字体的福字、寿字，以招福寿。正月各户门头贴有画有人像红纸五片，此称为福禄全寿，以祝福贵繁荣，阖家平安、健康长寿。

综上所述，闽台民间信仰无论是从祭神拜佛还是信鬼尚巫诸个方面来看，都是出于一种粗糙、模糊、功利、迷信的低层次信仰，其主要原因是信仰主体绝大多数是文盲、半文盲的农民和市民。他们文化素质低，不像少数文人士大夫那样，了解儒、佛、道的教义，并从中汲取哲理性的精华，进而追求一种宁静、淡泊的心境；而是从直观的功利性出发，对其教义、教理不求甚解，注重信仰对象的灵验与否。这种民间信仰是儒、佛、道和古闽越族巫术的混合体，其中既有杂揉、融合的一面，又有自相矛盾、不相协调的一面；虽然是那么的狂热，但又不是那么虔诚，从而构成一幅丰富多彩、光怪陆离的画卷。

第三章

闽台节庆风俗

巨龙闹春(福建)　摄影/刘建平

欢腾安平桥(福建) 摄影/吴继凡

第三章
闽台节庆风俗

闽台岁时年节习俗既保持了中原文化的传统基质，又具备了独特的地域个性。岁时年节习俗是地区民俗的重要内容，是体现地区文化特色的一个重要侧面。闽台作为同一文化区，岁时年节习俗大同小异，正如高拱乾《台湾府志》卷7《风土志》所云："凡此岁时所载，多漳、泉之人流寓于台者；故所尚，亦大概相似云。"

1. 春节

春节是目前我国规模最大、持续时间最长、最为隆重的传统节日，以喜庆丰收、预祝来年吉祥幸福、万事如意为主要意义，以祭祀神佛、祭奠祖先、除旧布新、迎禧接福、合家团聚、乡里社交为主要内容。春节，从小范围来说，是指正月初一至初五；从大范围来说，是指从腊月初八的腊祭或腊月二十三的祭灶，到正月十五的元宵。这里所叙述的是小范围的春节。

新年伊始，岁序更新，万象皆春，俗谓初一至初五为新正或新春。正月期间闽台民间的庆贺活动，各地都有约定俗成的安排，基本上是一致的。漳州流传的歌谣云："初一早，初二早，初三睡到饱，初四神落地，初五隔开，初六挹肥，初七七元，初八完全，初九天公生，初十地公生，十一有吃福，十二庙打木鱼，十三关公生，十四结灯棚，十五上元暝。"

春联(福建)　摄影/陈敢清

张灯结彩（台湾） 摄影/焦红辉

泉州的歌谣则云："初一场（摆开娱乐场），初二场，初三无姿娘，初四神落天，初五舀肥，初六隔机，初七七元，初八完全，初九天公生，初十好食天，十一倒去觅（回娘家探望），十二请女婿，十三吃糜配芥菜，十四搭灯棚，十五上元暝，十六地妈生，十七'那怎生'（意春节就这样过去了）。"（《福建省志·民俗志》第248页）台湾的歌谣也云："初一场，初二场，初三老鼠娶新娘，初四神落天，初五隔开，初六挹肥，初七七元，初八完全，初九天公生，初十有食食，十一请女婿，十二查某子返来拜，十三食糜配芥菜，十四结灯棚，十五上元暝，十六相公生。"（《台湾省通志》卷2《人民志·礼俗篇》第3章《岁时记》）

游春（福建） 摄影/徐学仕

新年的序幕，是由"开正"而揭开的。开正的时刻，每年不同，一般根据干支算出，多在除夕午夜后子时到卯时之间。各家各户待吉时良辰一到，由尊长开启大门，同时焚香点烛，燃放鞭炮，迎接新的一年到来，祈求健康发财，吉祥如意。由于开正时天未破晓，万家灯火通明，香烟缭绕，爆竹之声响连天，一派热闹非凡景象。

闽台地方志载："元日鸡初鸣，内外咸起，贴门帖及春胜"；（民国《泉州府志》卷20《风俗》）或"必于前夜，准备迎年，……更换门联"。（廖汉臣：《宜兰县岁时记》，《台湾文献》第8辑第2945页）家家户户除贴春联外，还有贴红纸的习俗。大凡家中大件家具、农具和重要物品，如床、桌、凳、犁、锄头、饭甑等，都要贴上一块红纸，甚至连鸡、猪肉、鱼、豆腐、年糕、果蔬等供品也要"贴红"，以示吉祥。天亮以后，每家的大门都贴着崭新的红色春联，春风扑面，万象更新，无论男女老少都身着新装，喜气洋洋。

闽台民间信神敬祖，开正后首先要祭祀天地、神明及祖先。祭祀时，

宴桌(福建)　摄影/徐学仕

全家穿戴一新，由家中长者主持，摆好酒、牲醴、蔬果、年糕等供品，焚香点烛，烧金纸，祈求新的一年中合家平安，万事如意。除在家祭拜外，“男女盛饰，各庙行香”。（倪赞元：《云林县采访册·斗六堡·风俗》）

拜年是新年伊始的重要事项。福建和台湾民间拜年的顺序大致相同，在开正祭祀神明祖先后，先在自己家中晚辈依次向长辈拜年，然后再向宗亲、邻里、朋友拜年。当客人来拜年时，主人要拿出蜜饯、红枣、贡糖、瓜子、花生糖、柑桔、槟榔等，泡甜茶，请客人“吃甜”，并说吉祥话互相祝福。如对方是年轻妇女，则说食甜给你生后生（儿子）；如对方是老人，则说食甜给你老康健，食百二（活到120岁）；如对方是

宴桌(福建)　摄影/徐学仕

压岁钱(台湾)

商人，则说食甜给你发大财、赚大钱；如对方是小孩，则说食甜给你贤大汉（快长大）。如是在街上碰到一般熟悉的人，最常见的拜年用语是拱手互道恭喜发财、恭喜赚大钱。拜年时贺客如携有小孩，主人往往赠予红桔；若是至亲好友的孩子，除红桔外还赠予红包。这时贺客往往也要对主人家的小孩赠予红包，互为新年之见面礼。因此，福州地区俗话说“拜年拜年，没桔也有钱。”

在拜年的同时，闽台许多地方自初一至十五，各家多设宴请客，谓之“请春酒”。请春酒有两种情况：一是拜年时主人家顺便挽留宴请，“客造门，先以糖 相请，曰‘乾茶’。……主客以吉语相答，备酒席相款，曰‘请春酒’。”（《嘉义管内采访册·打猫南堡》）二是主家特意择期宴请宾客，“自元旦至上元节，富贵家皆设席款客，名请春酒。”（周玺：《彰化县志》卷9《风俗志》）请春酒古意取春酒介眉之意，后来主要作为联络彼此感情的一种方法。

正月初二，闽台绝大部分地区为出嫁女归宁日，俗称“做客”。各家初二早起，女儿与女婿带着小孩回娘家给父母拜年，恭贺新正。女儿、女婿回娘家要带礼物，称“带手”。娘家有稚龄弟妹及兄弟有儿女，则另送红包。俗谓“女婿半子”，岳父、母一般都要设宴招待女儿、女婿，外婆还要送给外孙鸡腿，或用红线系古钱，挂于孩子颈上，谓“结衫带”。在“做客”时限上，闽台有所不同。如福建漳州等地，夫妻当晚要一起回家，不能在娘家过夜。而台俗“做客”近则一日而返，远则数日而归，但最多也不得超过月半。

正月初三为小年朝，也称“赤狗日”。民间传说，赤狗系凶神，遇之不吉，故不外出。另一说闽南话穷称为“贫赤”，因此，忌讳初三赤狗日

外出。一些客人把年初三当作“送穷鬼”的日子，家家户户清扫垃圾，以香纸送出屋外，放在路旁，焚香烧纸相送，意味着“穷去富来”。民间还普遍流传此夜为老鼠嫁娶日，因此各家入夜提早熄灯入睡，并在家中撒盐、米，称曰“老鼠分钱”。其实由于除夕、初一初二连续玩了几天，这时人人也筋疲力尽了，所以“初三睡到饱”。闽台一些地方还在这天祭亡灵，故一般不到别人家里拜年。

初四神落地。俗信去年腊月二十四升天奏报的人间诸神，于此日回到人间。为此，各家各户厅头供拜牲醴、果品等物，并烧金纸、神马（纸上印有马形，以供诸神乘驾），燃放爆竹，虔诚接诸神下降，以求保佑合家平安，吉祥如意。俗谓“送神早，接神迟。”民间送神一般于黎明之前，越早越好；反之，接神祭仪则于过午以后才举行。

初五“隔开”，意即新正到此日结束，家家户户可撤去供拜神明的春饭、年糕，待客停用甜料。屋内积秽，可扫出屋外。初五还是开假吉日，商贾街市于此日恢复营业。店铺开店燃放鞭炮，张贴“开张大吉”、“大吉大利”红字条，甚是热闹红火。

祭祀(福建)　摄影/徐学仕

初六挹肥（舀肥），即乡下人家恢复进城清除粪肥。民间还有“初六打团仔尻川（屁股）”的俗谚，因为春节期间禁忌打骂孩子，到初六就开禁了，可以打屁股教训孩子了。

初七是人日，传说是人类诞生的日子。以杂蔬和羹祀先礼神，名曰‘七宝羹’，用这些来象征祥瑞并祈福辟邪，保佑一家平安。

初九日为玉皇大帝诞辰，俗称“天公生”，为新正以来礼仪最隆重之祭祀。闽台民间各家各户于正厅摆设上下供桌。上桌一般为用长凳叠高的八仙桌，上供三个灯座（彩色纸制之玉皇大帝神座）、五果六斋、扎红线面、清茶各三杯，下桌为供奉从神，供五牲、红龟粿等。午夜以后，全家老幼，斋戒沐浴，齐整衣冠，由长者开始上香，依序行三跪九叩礼，祈求玉皇大帝保佑新年风调雨顺、家运昌盛。

踩高跷(福建)　摄影/梁希毅

春节为全国汉族最盛大隆重的节日，民间有不少游乐活动，闽台也不例外。

初一开正后，街上有鼓吹乐队，三、四人组成，闻爆竹声，挨户登堂，吹奏吉祥音乐，如“天官赐福”、“满福天官”、“满堂红”等曲为贺，称之为“喷春”，受贺之家则赏以红包。

春节期间，民间演戏也是一种常见的庆贺方式。比较简单的戏剧是演出场地不限，剧情简单，以演唱民间传说和故事为主的小型歌舞剧。如“为鱼龙百戏，向人家吉祥者作为欢庆之歌，主人须厚赠之乃去。”（光绪《平和县志》卷10《风土志·民风》）“有装束昭君、婆姐、龙马之属，向人家有吉祥事作喜庆之歌，悉里语俚词，非故乐曲，主人多厚为赏赉。”（高拱乾：《台湾府志》卷7《风土志·岁时》）比较正式的则搭台演戏，台下观者如云。如台湾彰化县初九玉皇诞辰“前后数日，灯采辉煌，演剧欢庆。城内外士女，结队来观，每宵达旦。”（周玺：《彰化县志》卷9《风俗志》）福建厦门“初九日，设香案向户外祀之，爆竹之声达旦，名曰祭天。富家演剧。”（道光《厦门志》卷15《岁时》）

春节期间，闽台家家户户张灯结彩，充满节日的喜庆。“正月元旦至初五，举家灯火长明，谓之擎灯。”（倪赞元：《云林县采访册·斗六堡·风俗》）“元夕，初十放灯，逾十五夜乃止，门外各悬花灯。……大抵数日之间，烟花火树之属，在在映带。”（高拱乾：《台湾府志》卷7《风土志·岁时》）不少地方还设有灯市，各种灯饰备极工巧，争奇斗妍。

游龙(福建)　摄影/梁希毅

闽台为东南海滨，亚热带气候明显，立春一到，各地春意盎然，因此有春节期间游春的习俗。男女老少结伴而行，相率到附近寺院和名胜游览。

闽台春节期间的饮食与全国一样，比平常丰盛，除一般的酒肉果蔬外，还有几种食品具有地方特色。初一早餐，家家户户吃线面。福州习俗是线面配两个“太平蛋”，寓意一年福寿绵长，太平如意。莆田、仙游早餐是线面配菠菜，漳州、龙海则是甜寿面配红蛋，台湾以线面配芥菜，而且菠菜、芥菜往往不切，称“长年菜”，寓意延年长寿。春节期间，千家万户都要做红龟粿、米糕、发粿等祀神和食用。尤其是红龟粿，象龟形，外染红色，打龟甲印，以象征龟龄鹤寿。闽台民间初一往往不煮新饭，吃“隔年饭”，讨个年年有余的吉利。如是信佛的人家，还要素食，吃饭配红萝卜、豆腐、芥菜等素菜。俗谓“一餐吃斋，四季无灾；一天吃斋，灾祸不来。”

春节作为一年的开端，民间十分重视。为了有个美好的开端，讨个吉利，让一年之中发财如意、平安健康，旧俗禁忌颇多。闽台地区普遍流行的禁忌主要有以下几个方面：

春节期间忌扫地、倒垃圾。俗信春节家中的东西包括垃圾都是财宝，只能进不能出，如果把这些垃圾丢出屋外，那家中的财气也会一起被丢出去。如地上实在太脏，清扫的垃圾也只能放在门后，待初五（或初三）之时再倒掉。

春节期间忌说晦气的话，忌与人争吵，忌骂人、打人，连自己的子女也不要打骂。为了图新年好兆头，春节期间遇人一定要讲吉利话。俗信“和气生财”，因此，粗话、打骂都是不吉祥的，会使这一年中不和顺。

春节期间忌打破碗盘器皿、弄坏家什用具。如万一不慎打破、弄坏，则认为是一年中不祥之兆，必须予以化解。

初一忌吃稀饭。俗以为初一食粥，此一年中出门必遇风雨。俗话说

莆田地区一担盘(福建)　摄影/徐学仕

“初一吃稀饭，出门天下雨。”民间还有一种说法，春节为一年开始，再艰难也得吃干饭，否则老天爷见了会落泪，即下大雨。

忌讨债。民间约定俗成，春节不能讨债。一切债务应在除夕前结清，借债人只要躲过年关，到了初一见面彼此恭喜发财，就不能讨债了，以免伤了和气，触了霉头。

2. 元宵节

农历正月十五日，是上元节或元宵节。元宵节又称灯节，这是因为迎花灯、赏灯等活动是元宵节的中心内容。

闽台元宵节花灯种类甚多，争奇斗妍，蔚为壮观，但从总的看来，大致上基本可分为两大类。其一是仿照事物的形象编制的形象灯，如关刀灯、兔灯、马灯、鸡灯、鼓仔灯、梅花灯、桔灯以及寿字灯等；其二是根据民间故事编制而成的活动灯，如西游记、牛郎织女、桃园结义、白蛇传等。

元宵节时，儿童的娱乐也与灯紧密结合，如游灯、饶灯、化灯等。游灯即儿童夜里提着灯，在大街小巷游行。如《嘉义管内采访册·打猫南

堡》载："童子举纸灯，结伴游行。光辉俨如白昼。"乾隆《海澄县志》卷15《岁时》也载："元日至元宵，童子多戴面具游戏，夜则燃鱼龙竹马灯。"饶灯是游灯接近尾声时，儿童边游边喊"饶灯"，意为熄灯；有的故意让灯烧着，称为"化灯"。饶灯和化灯标志游灯活动的结束。

由于闽台方言"灯"与"丁"谐音，因此元宵节的送灯（寓意送丁）、添灯（寓意添丁）寄托着人们企盼早生男丁、多生儿女的愿望。已嫁的女儿还未生男的，娘家得于元宵节送"观音送子灯"，叫"送丁"。已生男的，娘家所送的灯则不拘，叫"添丁"。福建漳、泉一带，凡有新嫁女的人家，应在元宵节前给女婿家送一红一白的"莲花灯"，挂在房中。如果莲花灯被烛火烧了，称"出丁"。烧的是红灯，预示生女；烧的是白灯，则兆生男。福州地区送灯则是每年根据不同情况而讲究寓意。新婚后的第一年元宵，女儿家送给女婿的是"莲花灯"。如果未生育，第二

元宵节(福建)　摄影/马金焰

龙灯(福建)

年元宵节送“观音送子灯”，突出“送子”的希望。若还是未生育，第三年元宵节则送“桔灯”。“桔”与“急”谐音，取急于添丁之意，强调“急”的祈求心理。（参见《福建省志·民俗志》第4章《岁时节庆》）除此之外，闽台地区“钻灯脚”的习俗也寓意着求贵子的愿望。凡想要在今年生男孩的妇女，元宵节时在灯笼下走来走去祈求神佛保佑生个男孩。俗信只有在元宵节那天晚上才会灵验，故民间谓“钻灯脚，生男胞。”

元宵节与灯有关的活动还有是猜灯谜。这是文人学士的风雅韵事，为中国所特有的文字游戏，源于古代的隐语，到汉魏时期始变为谜。随着元宵花灯活动的发展，宋代猜灯谜的风气十分盛行。清代，闽台诗社发达，文人雅士每当元宵之夜，纷纷参加猜灯谜活动。如《平和县志》卷10《风土志·岁时》载：“文人墨客或明灯悬谜语于通街，谓之灯谜。射中者酬以纸笔果品之属。”

在元宵节的庆贺活动中，舞龙舞狮时鼓乐喧天，鞭炮不绝，为元宵佳节增添喜庆热闹的气氛。“元宵，有舞龙之戏。好事者以篾片缚龙，张以罗，绘鳞染色；长者九节或七节，节下有杆，中然炬。人持杆而弄，高下蜿蜒，火光掩映；和以鼓吹，状极曼衍。有时广场之下两龙竞舞，各展身手，尤为热闹。又有舞狮之戏，习技击者为之；乡村颇盛。”（连横：《雅言》）舞龙舞狮队伍“所至门前，无不争放爆竹，以相送迎，甚有以银钱、糕品相馈赠者，名曰

搓汤圆(台湾)

闹元宵(福建)　摄影/徐学仕

‘挂彩’。”（柯培元：《噶玛兰志略》卷11《风俗志》）福建漳平新桥的“云墩灯龙”更是闻名遐迩。每到正月，人们按统一的尺寸，每家扎一节龙身，而龙头和龙尾则由技高的艺人扎制。一节龙身约2米多长、0.5米高，内可点烛。各节龙身有钩子，可以前后相连。元宵之前一二天，家家户户拿出准备好的龙身，首尾相连，点上蜡烛，便成一条灯龙。灯龙一般有40余节，长90余米；最大的由100多节连成，长达200多米。灯龙吆喝着游向镇里的各个村。十六日，灯龙游回本村。随后举行“屠龙”仪式：让回到祖祠门前的龙迅速脱节，各家后生扛着自家的龙身，在呐喊中争先恐后涌入祠前。早已守候在门内的长辈们，手持利刀，抓住各节龙身飞刀削去“龙皮”，投进祠内点燃的篝火中焚烧。最后进祠门的一节龙身，是这场竞赛的失败者，持舞的人须煮肉请别人吃，称分食“龙肉”。这种庞大的龙身和“屠龙”活动使“云墩灯龙”独具一格。

元宵节期间，闽台许多地方有迎神、游神之俗。如台湾很多地方都有迎玄坛爷之俗。元宵节时，台北民众将玄坛爷神像安置于竹椅，缚两木作轿形，曰椅轿。由裸体状汉四人舁之，颠倒摇动，鸣锣游行。沿路观众，燃爆竹，投掷舁轿状汉。状汉毫无惧色，谓神附其体，故不畏爆灼也。福建闽南元宵则迎威惠王、关帝君、天后圣母、吴真人等。“上元迎威惠王，备仪仗、鼓吹、灯采巡行乡社。乡社各备牲醴品物致祭祈福。其宿宵之处，演剧娱神。迎关帝君、天后圣母亦然。”（民国《云霄厅志》卷3《岁时》）闽北一带则“迎临水宫顺懿夫人之神，街坊巡游，设香案迎接，谓之‘大奶案’。夜间迎灯，家家持小烛向案前燃点兑换，谓之‘换大奶烛’。”（民国《政和县志》卷20《礼俗》）这种迎神活动其实是地方的一种娱乐和狂欢，是一幅色彩斑斓的万民同乐画卷。假面盛饰，真人扮神，旌旗蔽天，戈矛耀日，鼓吹奏乐，鸣锣助喊，浩浩荡荡，演剧娱神，迎毕集饮，万人空巷，一国若狂。这种盛况，是古代傩文化的孑遗，在闽台地区得到保存和光大。

元宵节，闽台地区有几种偷俗，为上元夜增添了另一番情趣。《澎湖纪略》载：“是夜男女出游，以窃得物件为吉兆。未字少女，必偷他人的葱菜。谚云：偷得葱，嫁好公；偷得菜，嫁好婿。未配之男，窃取他家墙头老古石。谚云：偷老古，得好妇。又妇人窃得别人家喂猪盆，被人咒骂，则为生男之兆，周年吉庆云。”（胡建伟：《澎湖纪略》卷7《风俗纪》）福建厦门“未字少女赛紫姑，俗呼‘东施娘’，偷摘人家园蔬及春帖，遭诟骂，谓异日必得佳婿。”（道光《厦门志》卷15《岁时》）

妈祖庙前灯笼(台湾)　摄影/焦红辉

元宵之夕，夜阑更深之时，闽台妇女间传有听香之俗。如福建金门上元“或拈香僻巷，窃听人语，以卜休咎，名曰听香；盖即古‘镜听’遗意。”（《金门志》卷15《风俗记·岁时》）台

湾嘉义正月十五“妇女在神前焚香后，向大门外窗听邻右人言，以占吉凶。俗曰‘听暗卦’，即镜（听）遗意。”（《嘉义管内采访册·打猫南堡》）

元宵佳节，闽台家家户户搓米粉做圆子，先祭神明和祖先，然后合家团聚，吃圆子（又称元宵）以示团圆幸福。

金银纸（台湾）

3. 清明节

清明节是中国历史悠久的传统节日，其主要活动内容就是扫墓和踏青。

从总的说来，闽台扫墓祀祖在清明节，但在具体时间的规定上又略有差异。如台湾诸罗县是清明“前后三日多墓祭”；（周仲：《诸罗县志》卷8《风俗志》）“澎人俱于（清明）节之前后五日内拜墓祭祖”；（胡建伟：《澎湖纪略》卷7《风俗纪》）福建厦门“清明各祭其先，前后十日墓祭”。（道光《厦门志》卷15《岁时》）可见闽台大部分地区扫墓时间都定在清明节前后十天之内。但是，有的地方在时间规定上较宽，如福建光泽县“祭期清明，速行必诚必信，例不延过谷雨。谚云：‘过了谷雨闭墓门’，盖言怠缓愆期，虽祭不享也。”（乾隆《光泽县志》卷4《舆地志》）而罗源、顺昌等地甚至可延至立夏。除此之外，福建南安石井一带民间则在“上已节”扫墓，而不能在清明节。据传当年郑成功反清复明，岂容清明置“清”于“明”之上，于是下令废止清明祀祖扫墓，而改在上已节进行。此后约定俗成，流传至今。台湾“漳州及同安人不做清明节，祀其祖先于三月初三日，名曰‘三日节’。”（《安平县杂记·节令》）

清明扫墓大致有两种形式，“新者添土，旧为除草”。（乾隆《海澄县志》卷15《岁时》）“新者添土”即新筑的墓要连续三年间，在清明节前后，择定吉日，备上丰盛供品祭扫，有的还要痛哭致哀，同时添土修墓，俗称“培墓”。“旧为除草”即三年以后的旧坟，祭扫仪式相对简

烧香(福建)　摄影/梁希毅

单，即在墓区清除乱草杂木及雨后冲积的泥沙，开沟理水，以少量供品祭拜，焚烧纸钱，燃放鞭炮。扫墓祭拜时，须先拜后土，因为后土是坟墓的守护神。然后再拜墓主，祈求死者的冥福。扫墓时，若墓碑上字迹模糊不清，则要以朱砂或红漆重描碑文。若有牧童等小孩在附近，祭扫者要分米粿或零钱给他们。因此，“附近童女，闻炮声齐到墓前，各赠果品，曰‘幼墓’。”（《嘉义管内采访册·打猫南堡》）“幼墓”又称“乞墓”、“印墓”，以示祖先德泽永留人间。

清明扫墓时，“挂纸”是重要的一个环节，不可缺少。挂纸又称压纸，一般用小石头或砖块将长方形黄白墓纸，或红黄兰白黑的红色纸压在坟上，以示子孙已祭拜祖坟。因此，民间把挂纸和祭拜作为扫墓最重要的两件事。“清明节，士女各以纸钱挂墓，备牲醴以祭先茔，谓之扫墓。”（周玺：《彰化县志》卷9《风俗志》）“清明，人家各祭扫坟墓。祭毕，……各挂纸钱于墓而去。”（光绪《平和县志》卷10《岁时》）正由于挂纸作为子孙是否已祭扫祖坟的标志，因此，祭墓可略，而挂纸则不可略。无祭墓者，仅以纸钱挂在墓上，曰‘挂纸’。”（《嘉义管内采访册·打猫南堡》）闽台许多地方民间把清明扫墓称为“挂纸”（或压纸）。

烧金银纸(台湾)

闽台清明节还有插柳（或榕枝、松枝、杜鹃花）之俗。如《厦门志》卷15《岁时》载：“泉俗以清明日插杜鹃花于祭品；漳俗，插柳枝户上。”台湾诸罗县“清明，插柳于户。”（周仲：《诸罗县志》卷8《风俗志》）清明插柳比较可信的说法是祛邪。闽台少柳，故以松枝或榕枝代之。

踏青是清明节的另一项重要活动。清明时节，正是春回大地，万象葱茏、百鸟争鸣的大好时光，南方人多郊游踏青。踏

青，原意为春日郊游。

清明期间，闽台最具地方特色的食品是“清明粿”。各地的“清明粿”用料和做法也不尽相同，但一般都是用某种植物汁和米浆（或米）制成，有的还包了馅。如福建平和县“三月人家各采青草萌合米粉为细粿，以荐祖先。”（光绪《平和县志》卷10《风土志·岁时》）泉州“清明，插杜鹃花祭祖先。有以鼠曲和米粉为之，绿豆为馅。”（民国《泉州府志》卷20《风俗》）台湾清明节“俗以鼠曲草糁合糯米为皮，干萝卜丝为馅，制成为互相赠遗”。（《台湾省通志》卷2《人民志·礼俗篇》第3章《岁时记》）闽南台湾不少地方还有在清明吃“薄饼”的习俗。“澎人清明节，家家皆食春饼。其制以面粉煎成薄片，如锅盖状，而以鱼肉杂菜脔切至细，实其中，参以芥酱裹之，亦名薄饼。盖本金、厦之俗也。（ 林豪：《澎湖厅志》卷9《风俗》）泉州、晋江、南安一带所吃“润菜饼”与澎、金、厦薄饼相似，先以面粉烤成圆而薄的润饼皮，然后将红萝卜、炒米粉、海蛎煎、豆干条、猪肉皮等混合烹煮。祭墓时，这大杂烩便是供品之一。祭毕，以饼皮卷大杂烩成圆筒形，双手捧而食之。（《福建省志·民俗志》第4章《岁时节庆》）

上香（福建） 摄影/梁希毅

4.端午节

端午节为农历五月初五，是我国三大节日（春节、端午、中秋）之一。

闽台地处东南沿海，多江河湖泊，因此端午节龙舟竞渡到处有之。即使“无大江大湖可以竞渡，或以小池为之。”（光绪《马巷厅志》卷11《风俗》）闽台端午竞渡所用的龙舟绝大多数都是特意制造的。龙舟首尾如龙形，船头雕刻成大龙头，须眉齐全，双目炯炯。有的龙嘴能张能合，舌头能伸能缩。船尾则雕成呈扇形又开弯卷的龙尾。船上两侧彩绘龙鳞，作为龙身。龙舟因颜色不同而有白龙、黄龙、青龙、黑龙等名称。除此，人们还对龙舟进行装饰，龙头披挂彩绸，并插有红色的三角旗，称龙舌旗。船上还悬有长方形的龙月旗，旗上书“四时无灾”、“八方有庆”、“国泰民安”、“风调雨顺”等字句。船尾则插有尾送旗，一般是长达7尺的红色三角旗，旗上书“水仙尊王”等名称。每艘龙船之上还配有桨、锣和鼓。闽台的龙舟造型都较大。如福州龙舟一般长3丈多，宽5尺左右，可容纳划舟手28至30人，加上司舵、执旗、锣鼓手、放鞭炮者，合计有34至38人之多。台湾的龙舟造型更大，船身一般长约5丈，中宽4尺多，亦可容纳三、四十人。由于龙船精巧华丽，船型庞大，故制造颇费时日，俗谓“百日造船，一日过江。”闽台沿江河及临海靠湖泊的地方，几乎每一乡社都拥有

屈原像(台湾)

粽子（台湾）

自己的龙舟。福建长乐一带按亲族建造龙舟。小姓的以一族为单位，大姓的以族之下的房为单位，甚至细分到房以下的派系，大致几十户或上百户就拥有一艘龙船。

除此之外，闽台个别地方也有因陋就简开展扒龙船活动。如澎湖“将小渔船或小仔船彩画五色，鸣锣角胜，谓之斗龙舟。”（胡建伟：《澎湖纪略》卷7《风俗纪》）噶玛兰“沿溪上下，以小驳船或渔舟竞斗胜负，好事者用红绫旗为标，插诸百步之外，令先夺者鸣锣喝采，盖龙舟锦标之遗云。”（柯培元：《噶玛兰志略》卷11《风俗志》）

昔时龙舟竞渡都由民间自发组织，往往由一村一族发起并主持，邀请附近村社参加，并且整个竞赛过程有一定的程序。如福建漳州地区通常四月初一就打响船鼓，发出赛讯，初九商定赛事。下旬龙船下水，进行训练。五月初五正式开赛。参赛的龙船由入口处摇旗呐喊敲锣燃放鞭炮划舟进入，旗手要一路挥舞龙舟旗帜，向主持人和观众报示参赛的村名或船队，然后把旗帜插在河岸上，这个仪式叫“入江”。接着客队在主队陪同下先试划一趟，这叫“献江”，意为向江神献礼。竞赛完，每个船队收回自己的旗帜，划舟退出赛区，叫“谢江”。台湾的赛龙舟一般始于五月初一，打龙舟鼓，燃香点烛，由道士领导，划龙船至水边，迎水神，俗称“请水神”。请神完毕，龙船放置岸边空地，而以掷定炉主、头家等祭事负责人。初二日，在炉主家中开“龙船会”，商筹有关扒龙船的事宜。至初五日早晨，参赛者先拜祭龙船，香火插在舳上，以祈求竞舟获胜。中午，随着锣鼓敲响，参赛者将船负肩，移至河岸。此时，沿途街民烧香礼拜。龙船到达，对方龙船则鸣锣举棹，以示迎接，俗谓“接龙船”。赛后，初十日“送水神”。然后将船修补，存入龙船厝，谓之“收龙船”。

扒龙船是一个竞争性很强的运动。“好事者于海口处所竖标，招人相夺。其标用红布一幅，银牌一面或一二钱、三四钱不等，铜钱数十文，用红绳串成一串，夺得者以为得彩”。（胡建伟：《澎湖纪略》卷7《风俗纪》）“舟人竞渡角胜，金鼓喧闹，夺标为乐。”（光绪《平和县志》卷10《风土志·岁时》）尤其是龙舟竞赛的参赛者一般都是水性好、身手敏捷、勇敢无畏的健壮小伙子，夺标手在观众心目中无异于过关斩将的英雄，是很风光的一件事。

端午节的另一大习俗是包粽子。闽台的粽子按其口味可分为两大类：咸粽和碱粽。咸粽是以糯米为主，渗拌猪肉、虾米、虾仁、香菇、芋头、粟子、牡蛎干等，然后添加少许好酱油或卤肉汁，味道香咸。碱粽一般仅

赛龙舟（福建） 摄影/潘晨曦

以糯米浸碱水，讲究者拌以少许花生或黄豆。咸粽和碱粽一般都用长竹叶包裹，再用一种细韧的草（福州称蒯草）或小麻绳扎好，用水煮熟后剥开竹叶，颜色浅黄，晶莹透亮。如是咸粽，即可食用。如是碱粽，人们更喜欢蘸蜂蜜或白糖食用，香甜可口。因此，碱粽习惯上又称作甜粽。闽台的粽子如从包扎形状来看花样繁多，如最常见的就是三角粽（又称牛角粽），还有四角粽、尖尾粽，以及用笋壳叶裹成的大粽（将乐一带俗称“粽母”）。乾隆《福州府志》卷24《风俗》还载有九子粽、百索粽、筒粽、秤椎粽等，但今已不传。

闽台过端午节还有互相馈送粽子的习俗，俗称送节、馈节、分节。如《嘉义管内采访册·打猫南堡》载：端午节“以竹叶包糯米为粽，所谓‘角黍’。亲朋以此投赠，亦以此祀神明、祖先。”民国《泉州府志》卷20《岁时》也载： 端午节“作粽相馈遗。”尤其是“新丧之家，不作角黍而由亲戚馈送之”；（廖汉臣：《宜兰岁时记》，《台湾文献》第8辑第2948页）“五月……家作角黍，有丧者则否”。（光绪《漳州府志》卷38《民风》）考察闽台地方志，端午节互相送粽子是比较普遍的习俗，但福建福州、漳州等一些地区送粽子只能送给当年遭丧之家。因为闽南话、福州话中“送粽”与“送葬”、“送终”谐字，故一般人家忌讳别人赠粽，也不送粽子予人，以免误解对方是丧家。

端午节在时序上是从温暖的春天，进入炎热的夏天，各种蚊蝇虫类开

艾草　　香包　　工艺品(台湾)

始大量繁殖，传染病流行，危害人们的生存，因此，民间称五月为“毒月”。古代，由于医学知识欠发达，人们误以为各种疾病是由于邪魔鬼怪作祟所致，因此，在端午节的活动中，产生了许多驱邪禳灾、辟瘟祛鬼的习俗。

竞赛(台湾)

端午节闽台地区普遍在门户之上悬挂菖蒲、艾蒿、榕枝、松枝、桃枝以及禾穗等。其中最为常见的是悬挂菖蒲、艾蒿和榕枝。如民国《兴化府莆田县志》卷2《风俗》载：“端午取菖蒲及艾插门户。”《重修福建台湾府志·风俗》也载“五月五日，各家悬菖蒲、艾叶、榕枝于门。”

在闽台端午节活动中，人们尤其注意驱蚊和去五毒（蝎子、蛇、蜈蚣、壁虎、蟾蜍）。驱蚊和去五毒主要有两种方法：其一是用烟熏的办法。如台湾端午节“至午，艾一束，偏熏帷帐，弃诸道旁，名曰‘送蚊’”。（柯培元：《噶玛兰志略》卷11《风俗志》）或者“五月五日，清晨燃稻梗一束，向室内四隅熏之，用楮钱送路旁，名曰‘送蚊’”。（黄叔：《台海使槎录》卷2《赤嵌笔谈》）有的地方讲究的以硫磺粉末制成小纸炮，在室内燃烟以驱除蚊虫五毒。如福建金门“卷纸如花炮，中实硫磺，曰磺烟。然烟书吉祥字于屏户，并燃放于堂奥房隅间皆遍，云可辟毒。”（《金门志》卷15《风俗记·岁时》）其二是用洒喷涂的办法。如福建金门端午“饮雄黄酒，以酒擦儿顶鼻，洒房壁床下，以去五毒。”政和“取菖蒲根及雄黄石磨酒，喷室中，并燃艾挥熏，相传能辟蛇蝎。”（民国《政和县志》卷20《礼俗》）光泽则“切菖蒲根泡酒……用以涂足喷床，辟蛇解毒。”（乾隆《光泽县志》卷4《舆地志》）台湾民间俗信五月五日“用雄黄酒（洒当洒）于壁边，恶虫秽浊入，即能回避逃走。”

龙舟竞渡(台湾)

（《嘉义管内采访册·打猫东顶堡》）闽台民间还相信用雄黄酒书写墙壁，可避虫蚁、不祥。如福建龙岩俗信“溶雄黄于酒……书字橱壁，以为可避蚁也。书云：‘五月五日午，天师骑艾虎。口舌上天台，虫蚁归地府。’或书云：‘五月五日午时节，董仲仙师传口诀。二十四字白如雪，驱虫逐蚁走无迹。’”（民国《龙岩县志》卷21《礼俗志》）台湾澎湖“各家门墙俱用雄黄书写吉庆字样，以为辟除不祥。”（胡建伟：《澎湖纪略》卷7《风俗纪》）其三是用饮用的办法。闽台地区普遍流行端午节饮用雄黄酒以去毒避邪，如台湾云林五日节“饮雄黄酒以祓不祥，并辟邪气。”（倪赞元：《云林县采访册·斗六堡·风俗》）福建福州地区则“以蒲与雄黄入酒饮之，……小儿则以其末涂耳鼻，云避百毒”。（乾隆《福州府志》卷24《风俗》）莆田地区也“饮菖蒲雄黄酒，以辟邪禳毒。”（民国《兴化府莆田县志》卷2《风俗》）

闽台地区还普遍流行在端午节用中草药熬汤沐浴的习俗。福建厦门“浴百草汤，曰兰汤。”（道光《厦门志》卷15《岁时》）可见，其熬汤的中草药当是很多种混合在一起。福建平和、台湾嘉义则用菖蒲、艾叶熬汤沐浴。“午时，则煎蒲艾水，举家洗浴。”（光绪《平和县志》卷10《风土志·岁时》）“中午之际，人民采菖蒲、艾叶入在窝中，汤沸浴沐身体。”（《嘉义管内采访册·打猫东顶堡》）台湾彰化则“午于采苦草浴儿，以辟邪气，即古祓除衅浴之意。”（周玺：《彰化县志》卷9《风俗志》）

闽台各地民间端午节还普遍流行为孩子们系“长命缕”的习俗。长命缕即用五色丝线系于小孩手腕处，意在祈求孩子们平安健康成长。如民国《泉州府志》卷20《风俗》载：“端阳……小儿以五色丝系臂，曰长命缕。又以通草象虎及诸毒物插之。”《重修福建台湾府志·风俗》亦云：

“五月五日……以五色长命缕系小儿女臂上，男左女右；复以茧作虎子花，插于首。”

与长命缕同一作用的还有香囊，是用零碎绸布或五彩线扎成各种形状，如老虎、花果、八卦、三角形、菱形、球形等，内装沉香、朱砂、樟脑丸，或以白芷、丁香、木香等研磨成的细粉，清香四溢，用以避邪逐疫。如《嘉义管内采访册·打猫南堡》载：“妇女多以缎制绣囊，入以香料，曰‘香袋’。小儿多佩在胸前。” 闽台很多地方在端午节家家户户都有储存“午时水”的习俗。所谓“午时水”就是在五月初五中午从井中或河中打来的水，装入瓶中或瓮里，放在阴暗的地方。俗信初五午时打来的水，水质特别好，可以长时间保存，不会变质发臭，可以解热。尤其是夏季病时，喝了以后还可治病。因此，五月初五午时，很多地方等候井边汲水的人排成长龙，构成一道独特的民俗风景图卷。如《安平县杂记·节令》载：五月五日“届中午时候，家家竞向井中汲水，名曰‘午时水’，储在磁罐，以备解热毒之用。”但是，闽台个别地方有与汲“午时水”相反的习俗。如在福州，人们却忌于端午节中午汲井水，俗传此时天神降毒水，不宜汲用。

情人庙(台湾)

5. 七夕节

农历七月七日为七夕节，起源于牛郎与织女在此夕相会的美丽动人传说。

七夕的主要活动之一是乞巧，民间传说织女勤于女红，长年从事机杼，织成无缝天衣。她的灵巧与美丽为广大妇女所仰慕，因此，七夕主要习俗就是年青妇女向织女乞巧，所以七夕又称“乞巧节”、“女儿节”。

闽台地区乞巧的仪式主要是穿针线，陈列瓜果祭拜

鸡冠花(台湾)

织女，以及以蛛丝卜巧。《彰化县志》卷9《风俗志》载："七月初七日，人家儿女，备针线、花粉、瓜果之属，祭于中庭，曰乞巧，以祀牛女双星。"乾隆《福州府志》卷24《风俗》载："七月七夕，妇女陈瓜果七盘，茗碗、炉香各七数，用针七条，取绣线于焚楮光中，伏地俄顷穿之，以能否夸得巧之多寡。又取小喜子（小蜘蛛）盛盒中，平明启视，以成茧为得巧之验。"

闽南和台湾称织女为七娘妈、七星娘、天孙（天帝的孙女）等，被视为小孩的保护神。民间传说七夕是七娘妈的生日，因此，又称七夕为"七娘妈生"。每逢七夕，许多家庭都要祭拜七娘妈，祈求家中小孩能够健康平安成长。七夕供奉七娘妈的仪式与其他年节供奉诸神有所不同。最具特色的是供品在数量上有讲究，都以七为数，如鸭蛋七枚、饭七碗、鲜花七色、胭脂七盒、香粉七盒。其二妇女们用五色纸糊彩亭一座，作为七娘妈的神居祭拜。祭后，烧金纸、经衣（印有衣裳之纸），同时也将七娘亭焚烧供献。其三祭后将作为供品的鲜花、白粉、胭脂投到屋顶上，要是花瓣或香粉溅落在少女的脸上、身上，则被视为将越长越漂亮的吉兆。

闽南台湾不少地方，七夕这天小孩要拜"天孙"，解下端午节时系在小孩手臂上的长命缕（续命缕），祈求孩子无病无灾，健康成长。如光绪《马巷厅志》卷11《风俗》载："七夕……小儿拜天孙，去续命缕。"

分豆结缘也是七夕的一个重要习俗。这天，闽台家家户户忙于炒（或蒸煮）蚕豆、黄豆、糖豆，分给孩子们。孩子们又与邻里小伙伴互相赠送蚕豆，表示结下"快乐缘"、"欢喜缘"、"和好缘"，永远和睦友爱。如光绪《漳州府志》卷38《民风》载："七夕，女儿乞巧，持熟豆相遗，谓之结缘。"台湾除了互赠豆子外，还有互赠芋头、龙眼的。如《续修台湾府志》载：七夕，"黄豆煮熟洋糖拌裹及龙眼、芋头相赠贻，名曰'结缘'。"

七月七日俗又称"魁星生日"。民间谓魁星主文事，故此日读书人有拜魁星之俗。闽台拜魁星的供品中最有特色的必须有一个带角的公羊头或狗头。如《福建省志·民俗志》第四章《岁时节庆》载：“‘魁星’前摆着供品，其中应有一个煮熟的带角公羊头，两角束红纸。”《福建通志台湾府·岁时》则载：“莆田陈蔚台湾竹枝词：‘家家杀狗祭魁星’，自注：‘七夕’士子屠狗，取其头以祭魁星。”（刘良璧：《重修福建台湾府志·风俗》）是夜，文人还聚集在一起举行魁星会，宴饮欢歌。如福建平和“七夕……读书家多为魁星作寿，以相宴乐。”（光绪《平和县志》卷十《风土志》）台湾“七月七日……或曰魁星于是日生，士子多于是夜为魁星会，备酒肴欢饮。村塾尤盛。”（刘良璧：《重修福建台湾府志·风俗》）由于魁星主文事，因此闽台地区有人把七月七日又称为“尊师敬字节”。如福建一些地方，在七月七日时学童要向先生送钱或物，而先生备下茶点或便饭招待学生。同时学生还会把整理的字纸，于是日焚烧，并把纸灰倒入河中，随流飘走。先生还领着学童跪拜孔子，祈求学业进步，来日取得功名。陈文达《台湾县志》卷1《舆地志·岁时》也载：“今台中书舍，以是日为大魁寿诞；生徒各备酒肴，以敬其师。”

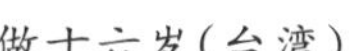

做十六岁(台湾)

鬼王（台湾）

6. 中元节

闽台民间以七月为“鬼月”，相传七月初一午夜起，冥府鬼门大开，放生孤魂野鬼到人间讨吃，一直到三十日关鬼门，孤魂野鬼吃饱喝足后再关入冥府。因此民间在这月各地纷纷举行“普度”。普度又称普渡，源于佛教“慈航普渡”，就是普遍超度无祀孤魂之意。

如上所述，俗信七月一日开鬼门，孤魂野鬼开始到阳间讨吃。因此，从这一天开始，家家户户在门前屋檐下挂灯笼，上书“阴光普照”、“庆赞中元”、“超生普渡”等，门前还摆好供桌，上供饭菜、粽、果品、鸡鸭、猪羊肉等，点烛焚香，烧银纸祭拜，以便招待恶鬼大吃大喝。如《嘉义管内采访册·打猫南堡》所载：“自七月朔日起，有用竹一枝，约有二丈余高，竖立于大门外，竹上高悬一灯，夜间点火，高照四处，俗曰‘灯高’。亦有仅以一灯悬于门外，灯上书‘阴光普照’，曰‘路灯’。”《金门志》卷15《风俗记·岁时》则载：“七月朔起，各社延僧道设醮，作盂兰会；俗名普度，以祭无主鬼。”七月末日，自初一起来到阳间的孤魂野鬼，必须回归冥府。这日俗传是地藏王菩萨的生日，地藏王所管辖的阴间门，在这天关起来，因此称之为“关鬼门”或“关地狱门”，俗又称为“谢灯脚”。这一天，百姓门前撤去灯篙，焚烧路灯，同时举行祭拜。如是，始结束七月的普度大祭。如福建金门“七月朔日，俗称开地狱门；至三十日，称关地狱门；家家于门前致祭。”（《金门志》卷15《风俗记·岁时》）台湾嘉义也是“至（七月）晦日，备办牲醴、菜料五味碗，致祭孤魂于门外，烧金纸，将此灯以送。”（《嘉义管内采访册·打猫南堡》）民间之所以在七月举行如此盛大隆重的中元普度，是因为非常害怕这些孤魂野鬼，担心所供酒菜不够丰盛，饿鬼吃不饱，就会来作祟。另一方面人们又向这些孤魂野鬼祈求平安、幸福，俗信十分灵验。

闽台普度轮流举行，据说原因是很久以前，普度原是在同一天举行的，后来由于游神等原因，经常发生纠纷甚至宗族械斗。为避免矛盾和冲突，经调解协商，议定街衢里社，从七月初一到三十轮流普度。民间还有一种说法，按村、镇、街、巷序日而供，使野鬼日日有食而不为祟。总之，轮流普度于人于鬼都有好处，故流传开来。

但是，无论各地有多少大大小小规模不一的普度，一般说来，七月十五日中元节的普度是规模最大、范围最广、仪式最为隆重的。如民国《云霄厅志》卷3《岁时》载：“七月半作盂兰会，延僧设食祀无祀之鬼。夜以竹竿燃灯天际，联缀数枝，如滴如坠，望之若星，谓之作中元，浦人谓之普度。”《重修福建台湾府志·风俗》也载：“十五日曰中元，为盂兰会。数日前，好事者醵金为首，延僧众作道场，以一老僧主之。竖高棚，陈设饭食、牲醴、蕉果、糕饼等盘，堆高至七、八尺或丈余；黄昏后，登坛说法，撒物食羹饭，名曰‘放焰口’，亦曰‘变食’；以一粒饭可化作百千粒饭，供祀无祀之鬼，谓之‘普度’。”

闽台普度种类甚多，其中规模最大、式仪最为隆重的当推庙普，有的又称作公普。顾名思义，庙普以寺庙为中心，由本地的富豪或寺庙中主事者或各村社选出的“头家”担任主祭人。庙普前夕，各寺庙在庙前竖一根高达数丈的“灯篙”，顶端挂一圆形灯笼，书以“庆赞中元”四个红字，用以召集孤魂前来集聚。俗以灯篙竖得越高，照得越远，召得前来接受普度的鬼魂也越多，祭典也越盛大。

贡品(台湾)

祭坛（台湾）

庙普时，庙前设“孤棚”，以供置“孤饭”以及其他各种供物。孤棚高约一、二丈，宽约二丈，以木板铺成一、二十坪的木台。棚上置各户提供的祭品，用竹器盛装，称为“孤盏”。祭品有鸡、鸭、鱼、粽、米饭、水果、烟酒等，极为丰盛。俗信孤魂野鬼平时无人祭祀，因此，普度祭品应务求丰盛，以满足他们的吃喝。供物上均插着三角旗，上书“普照阴光”、“敬奉阴光”等。孤棚中央，竖立一竹竿，高达丈余，竿头系以金牌，三角大红旗三面，各称头旗、二旗、三旗。澎湖孤棚“其陈设饼粿时果诸品，约有十数色不等；堆在盘中垒起高三、四尺，夸奇竞富。又有猪羊牲醴各色，先将方桌搭起高台约有丈余，置祭品于其上。”（胡建伟：《澎湖纪略》卷7《风俗纪》）

庙普那天，闽台许多地方有“抢孤”的习俗，即抢夺孤棚上的祭品。一般是普度结束后，以锣鼓或焰火为信号开始，大家争先恐后地抢夺孤棚上的鸡鸭猪羊、米、粿等供品，成千上万的人在现场打成一片，有的甚至造成严重伤亡。最高处的三面红旗，更是年轻力壮者抢夺的对象，称为“抢旗”。民间传说，此旗有保护海上航行平安的神奇作用，因此，旗帜常以高价被航海者买走。同时，抢取者一般也被认为这一年很有福气。

闽台普度中一项重要活动是放水灯，在临近江河湖海的地方，中元普

斗主(台湾)

斗灯(台湾)

度一般都有放水灯的习俗。闽台中元所放水灯种类不少，奇怪斗艳，“至夜以纸为灯千百种”，(陈培桂：《淡水厅志》卷15)“众灯齐燃，灿若列星”(刘良璧：《重修福建台湾府志·风俗》)。此可谓中元节之一大奇观。闽台中元节水灯虽然种类繁多，但大致可分为两大类，即水灯排和水灯头。水灯排又称水灯筏，每一寺庙有一架，以大竹子或木头为中柱，大竹子或木头的左右以数条木或竹子扎成筏形，分几十格或几百格，每格悬挂一灯。水灯头又可分为两种：一种是圆形灯，上写某寺庆赞中元。另一种为小屋形的水灯，用竹子搭成架子，外边糊以纸，称为“纸厝”。纸厝门口写有“水灯首”三字，另外也写上“庆赞中元”或“普照阴光”等句，内点蜡烛一枝。放水灯时，“头家捐番银或减半藏第一盏内，燃放水中，渔船争相攫取，得者一年主顺利。”(陈培桂：《淡水厅志》卷15《文征》)

普度之时，许多里社还延请戏班演戏以酬鬼魂。中元节普度所演之戏最多的是“目莲救母”。此戏情节曲折复杂，可连演七夜，观众百看不厌。普度结束时，也命优人“演戏以为乐，谓之‘压醮尾’，月尽方罢。”(余文仪：《续修台湾府志》卷13《风俗》)

闽台中元节除祭孤魂野鬼外，也祭祀祖宗。民间流行“月半不回无祖”的说法，“月半”就是指七月十五日，外出的人不论远近，这一天都要赶回家祭祖。否则，便被视为数典忘祖，是极不孝的。陈文达《台湾县志》卷1《舆地志·岁时》载：七月十五日“人家祭其祖先，与清明节无异；亦春露秋霜、追远报本之意也。”福建莆田“中

水灯排(台湾)

元，各家以牲醴祀先（是月十三日人家设几悬像，谓之迎先；至十六日撤去，谓之送先；出嫁女子行礼于父母之家，谓之送纸）”。（民国《兴化府莆田县志》卷2《风俗》）中元祭祖应于正午前祭，否则祖先就无法吃到祭品。祭祖有族祭与家祭之分。族祭规模一般较大，特别是大姓望族，仪式更是隆重。族祭往往在其家族祖厝、祠堂等举行。家祭是在家中厅堂上摆设祭品，焚烧冥钱，祭拜祖先灵位神牌。闽台不少地方还有七月十五日给泉下的先人送寒衣的习俗。如高拱乾《台湾府志》卷7《风土志·岁时》载：“中元，人家各祀其先；以楮作五色绮绣之状焚之，云为泉下作衣裳。”乾隆《海澄县志》卷15《岁时》亦云：“中元所在盂兰盆，人家祀先世，裁纸五色，曰送寒衣。”

7. 中秋节

八月十五是中秋节，是我国三大节日之一。闽台为海滨邹鲁，多文人学士，中秋赏月也是一项重要活动。如在福建莆田，“中秋，士人家置酒酣燕，玩月为乐，每至夜分乃止。”（民国《兴化府莆田县志》卷2《风俗》）赏月时除聚饮外，文人学士还进行扶乩、猜灯谜等活动。台湾安平“士子有聚饮赏月者，请仙乩者，作灯谜者：罗列笔墨、纸砚、巾扇、香囊诸物以相赠。”（《安平县杂记·节令》）闽台江河纵横，依山面海，在水中赏月别有一番情趣，为文人学士所钟情。福建厦门中秋节士人相约驾一叶之扁舟于鹭江中流，与月上下，景足令人心旷神怡。台湾澎湖中秋节“于是夜风晴月朗时，买扁舟一叶，放乎中流；斯时微波不动，星月交辉，水天一色，极目无际，心旷神怡，恍如置身琼楼玉宇之中，真奇观也。”（胡建伟：《澎湖纪略》卷7《风俗纪》）骚人墨客面对中秋之夜皎

中秋月饼（福建）

天涯共此时(福建)

月清波，难免诗兴大发，因此，赏月之际也是文人雅士作诗吟咏的大好时光。福州闽江万寿桥下，中秋之夜文人常集中在一起赏月“盘诗”。漳平文人也常于“是夜各置酒玩月，歌唱赠答。”（道光《漳平县志》卷1《舆地·节序》）闽台民间还有拜月的习俗。俗谓“男不拜月，女不拜灶”，可见，拜月活动为女子之事。中秋之夜，女子陈设香案，置月饼、瓜果之类，未嫁者多就案前拜之，称“拜月”。如民国《政和县志》卷20《礼俗》载：中秋“女子陈设香案及月饼、瓜果之属，集庭中玩月，未嫁者多就案前拜之，谓之拜月宫。拜时口中有诗歌讽诵，声颇娇婉可听。”民间还相信中秋之夜越晚睡越好，因为这样会长寿。尤其是少女，除了自己长寿外，还可以使母亲长寿，所以，很多少女都故意晚睡，表现出对母亲的孝道。除了拜月外，闽台还有“待月华”（又称“等月华”）之俗。如福建澄海中秋节“好事者或竟夜露坐，以待月华。”（嘉庆《澄海县志》卷6《风俗》）此俗流传已久，唐代诗人皮日休有诗云：“玉颗珊珊下月轮，殿前拾得露华新。至今不会天中事，应是嫦娥掷与人”，（《松陵集》卷8《天竺寺八月十五夜桂子》）所咏便是“待月华”之俗。待月华

中秋月饼（福建）

原是传说中秋夜嫦娥倍思人间，便把月宫中的一些宝贝撒下，谁能拾到，就能得到幸福。因此，待月华就是在等嫦娥掷来的宝贝。其俗在闽台流传后，原意有所改变，并不是指人们真的要等天上掉下来的宝贝，而是成为欢度中秋节的别称。如乾隆《仙游县志》卷8《邑肇志》云：“中秋望日，宴饮达曙，笙歌载路，谓之‘待月华’。”

中秋节最具特色的食品是“月饼”。月饼在中秋节食用、祭祀和馈赠中不可缺少。如光绪《马巷厅志》卷11《风俗》载：“八月中秋夜，以月饼、番薯、芋魁祭先及神，前一二日亲友以此相遗。”

闽台月饼种类繁多，用料考究，制作精巧，讲究艺术性。闽台中秋节还有中秋戏饼的习俗，称“搏状元饼”。《重修福建台湾府志·风俗》载：“（八月十五）制大月饼，名为‘中秋饼’，朱书‘元’字，掷四红夺之，取‘秋闱夺元’之兆。”游戏时先把月饼分为状元、榜眼、探花、会元、进士、举人、秀才、贡生、童生等各种等级，其饼形小至如银元、大至如脸盆。然后用红纸按其大小顺序，贴上名称。其游戏宜以四、五人团聚玩赌，每人轮流用骰子六颗掷入碗中，各视其点数，夺其所定科名高低之月饼。古代八月十五为秋闱（乡试）日期，士人于此日玩搏状元饼游戏，预祝科举夺魁之意。

在闽南及台湾，中秋节还有一种“听香”之俗。如道光《厦门志》卷15《岁时》载：“妇人拈香墙壁间，窃谛人语，以占休咎，俗谓之听香。”“听香”又叫“拈香”，但它不是礼佛，而是妇女的节俗。由听香人燃香礼拜后，或静立或出游，留心窃听别人语言，来占卜自己未来吉凶。此俗原流行于闽南地区，后传至台湾，相沿成俗。《宜兰县岁时记》云：中秋节，“夜阑妇女有听香之举，如上元夜。”

中秋节正是收获季节，“凡里社各备物以祀土神，即古者秋报遗意也。坊间神祠敛钱致祭，或演杂剧，村落间群以酒肉祀于田间，逐处皆然。”（光绪《平和县志》卷10《风土志·岁时》）台湾也是“中秋，祀当境土神。盖古者祭祀之礼，与二月二日同；春祈而秋报也。……山桥野店，歌吹相闻，谓之‘社戏’。”（ 高拱乾：《台湾府志》卷7《风土志·岁时》）由此可见，中秋节亦是民间庆丰收的日子。

8. 重阳节

农历九月九日是中国传统的重阳节。重阳节登高的习俗，自西汉一直流传至今。闽台地区登高，往往择名胜古迹之地。如福建海澄“重九载酒高峰，近邑如鹿石之道者，峰及龙头虎甲。”（乾隆《海澄县志》卷15《岁时》）福州重阳节家家户户扶老携幼登于山、大庙山。民间传说大庙山有一陨石，俗称“登高石”，重阳节小孩子登上此石，可保健康成长，将来步步高升。闽台不少地方，把重阳节登高看作是读书人的雅事。因为此时正值秋高气爽，云淡山青，登临高处，瞩目水色山光，顿感心旷神怡。如加酌酒饮喝，更是增添雅趣。如福建泉州“九月登高、饮茱萸菊酒，唯士人间行之”。（民国《泉州府志》卷20《风俗》）龙岩士子“重九为登高会，采茱萸、菊花，泛酒以饮。儒者游咏自适。”（道光《龙岩州志》卷7《风俗》）台湾“重九，士大夫载酒为登高之会。菊樽萸佩，竞为潦倒。”（高拱乾：《台湾府志》卷7《风土志·岁时》）旧时，一些地方正由于重阳节为

重阳糕(福建)　摄影/徐学仕

士人之节，因此亦出现宴请老师之俗。如台湾澎湖“重阳节，各澳塾馆备酒肴请社师燕饮，谓之登高会。”（胡建伟：《澎湖纪略》卷7《风俗纪》）重阳节的一个重要民俗活动就是放风筝。此时闽台各地天高气爽，阳光和煦，冷暖适宜，正是放风筝的好时光。闽南俗话说：“九月九，风吹（风筝）满天哮（鸣）。”如福建平和县重九日“儿童竞以长绳系纸鸢，出郊原乘风纵之。其高入云，顾而乐之。”（光绪《平和县志》卷10《风土志·岁时》）闽台地区的风筝式样繁多，争奇斗妍。如台湾《嘉义管内采访册·打猫南堡》载：九月九日“童子多以纸涂风筝。有两扇，象天地之义；有八角，象八卦之形。各样争奇不同。”

重阳节闽台民间还有吃重阳糕的习俗。闽台重阳节的糕品种繁多，而且各地也不相同。其中较有特色的是福州地区的“九重糕”。如民国《闽侯县志》卷22《风俗·岁时》载：重阳“食九重糕，上插小旗。”这种九重糕（福州方言高即糕）共九层，层层相联又可一一掀开，藉符重九之意。台湾重阳节比较普遍的是“舂麻糍食之。”（《嘉义管内采访册·打猫东顶堡》）重阳节吃糕，缘由是“糕”与“高”同音，俗信这天吃糕，象征万事皆高。

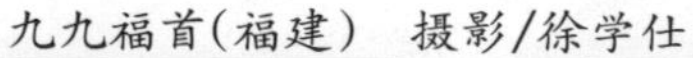

九九福首(福建)　摄影/徐学仕

9. 冬至

冬至是个重要的节气。民间有“冬至大如年”的说法，俗称冬节。闽台许多地方志称其为“添岁”或“亚岁”。

闽台冬至最重要的民俗活动就是“搓圆”，又称“搓团”、“搓丸”等。闽台地区的搓圆仪式较隆重，搓圆开始前，在祖先神主龛前摆三碗簪花的寿面，以及金桔和菊花等，点香燃烛。长几或圆桌上放一个大竹箩，内盛以糯米磨制的粉，同时放福桔数个、崭新的红筷子一副，讲究的还放一个泥塑裸体胖娃娃——孩儿弟。掌灯时分，全家人穿上整洁的衣服，洗净双手，围坐搓圆。冬至搓圆象征全家和气团圆，《嘉义管内采访册·打猫东顶堡》云：“十一月择冬至日，人民共食糯米员，谓人生一年至冬至始终团圆，名曰‘团圆员’。”民国《连江县志》卷19《礼俗》亦云：“冬至前一夕，抟粉米为丸，取团圆之义。”冬至所搓之圆有的地方还有大圆小圆之分。大的煮熟后则放在拌有糖的豆粉中沾着吃，小的则放在红糖、生姜水中煮熟后直接吃。搓圆时人们往往还用粉粿象征性地捏些吉祥物。如捏蝙蝠、鹿、寿桃象征福、禄、寿，捏鲤鱼象征年年有余，捏公鸡、山羊象征万事如意。搓圆时小孩子特别高兴，以染色的粉粿捏各种小玩意儿，如鸡、狗、猪、兔等，俗称“作鸡母狗仔”。娶有新妇的人家，有的还让新媳妇搓个粿放在火盆中烤，视其膨胀形状的凸凹，以卜生男或育女之兆。

闽台地区冬至的另一项主要民俗活动是祭祀祖先。闽南和台湾俗语云：“冬至大如年，唔返无祖宗”（闽南话意为冬节外出不回家的人没有祖宗）。福建南安冬至“各家以糯米和糖为丸，祀家神祖先，谓之‘添岁’。……大宗巨室则具牲牢，陈庶馐，大祭祠堂，谓之‘冬蒸’。祭毕则合族共食，以尽其欢。”（民国《南安县志》卷8《风俗志一》）台湾同姓同宗者共建家祠，祀一姓一族公奉之祖先。俗于

冬至搓汤圆(台湾)

冬至(福建)

冬至节前行祭祖之礼，招亲友，张盛筵，名曰祭祖祠。“冬至作米丸祀先祭神，阖家食之”。（《福建通志台湾府·岁时》）澎湖“冬至日，谓之长至节，家皆以糯米粉做汤丸，宰鸡煮肉，以祭祀家堂祖先。祭毕，阖家饮酒，食汤丸，以为添算，谓之围冬。”（胡建伟：《澎湖纪略》卷7《风俗纪》）

闽台一些地方有冬至扫墓的习俗。据黄仲昭《八闽通志》卷3《地理》所载，早在明代，福建就有冬至“上冢祭享”之俗。清代至民国时期，闽南和兴化地区仍然流传此俗。光绪《漳州府志》卷38《民俗》载：“十一月冬至作米圆食之，谓之添岁。海滨民有墓祭者。”同治《仙游县志·岁时民俗》也载：“冬至，晨早盛服设新诣祠墓，俗云‘清明前，冬至后，有好日，拜宅兆’。”

冬至前夕，闽台许多地方有演戏酬神之俗。福建平和“自冬成后村社人家皆演剧赛神，谓之赛平安。盖人家以春日祈祷，至暮岁而酬报焉。”（光绪《平和县志》卷10《风土志·岁时》）台湾嘉义“十一月，庄社

台南鼓阵表演(台湾) 摄影/焦红辉

农家收冬明白，杀鸡为黍，演戏酬神，曰‘作冬尾戏’，又曰‘谢平安’。凶年无演戏，仅办牲醴而已。”（《嘉义管内采访册·打猫南堡》）除演戏酬神外，闽台地区也有在冬至演戏祭祖的。如陈文达《台湾县志》卷1《舆地志·岁时》载：“十一月冬至，致祭祠宇，张灯演戏，与二月十五日同，谓之‘祭冬’”。

10. 祭灶

农历腊月二十四（或二十三日）祀灶神，俗称“祭灶”。灶神，民间又称灶君，灶王、灶王爷、灶公，依地区不同而有不同的称呼。闽台不少地方的灶神还是一对夫妇，男的称“定福灶君”，女的称“增寿夫人”，俗称“灶公、灶妈”。各地方的灶神还有不同尊号，如“九天练厨司命九天元皇感应天尊”、“南天护福星君利济真卿东厨司命万化天尊”等等。

民间传说灶王爷是玉皇大帝派驻人间百姓家中监察善恶的神，每年上天述职一次，汇报每家所行善恶的情况。玉帝根据报告，定来年各家之吉凶祸福。因此每年腊月二十四日，人们通过祭灶，为灶王爷上天饯行。为了让灶王爷上天在玉帝面前说好话，家家户户祀灶相当隆重，祭品多具牲醴、糖饼、甜圆仔、瓜果等。供品中最具特色而且必不可少的是灶糖灶饼。俗话说：“二十三，灶糖粘。”灶神吃了灶糖，就被灶糖粘住了嘴，到天帝那里想说坏话也张不开嘴；同时灶糖很甜，灶君吃了灶糖，尝到了甜头，到天宫向玉帝汇报时，就会甜言蜜语，只说好话，达到人们祈求灶神“上天言好事”的目的。有的地方将甜圆仔粘于灶嘴，使之口角生甜，从而“好话传上天，坏话丢一边”。闽台祭灶还有“醉司命”之说。俗信祭灶时让灶王爷喝个烂醉，就不会在玉帝面前说三道四。

祭灶(台湾)

闽台民间还有一种说法，腊月二十四日不仅灶神上天奏事，其他诸神也要上天向玉帝朝贺新年。因此各家各户往往还要举行祭供仪式，恭送诸神上天。

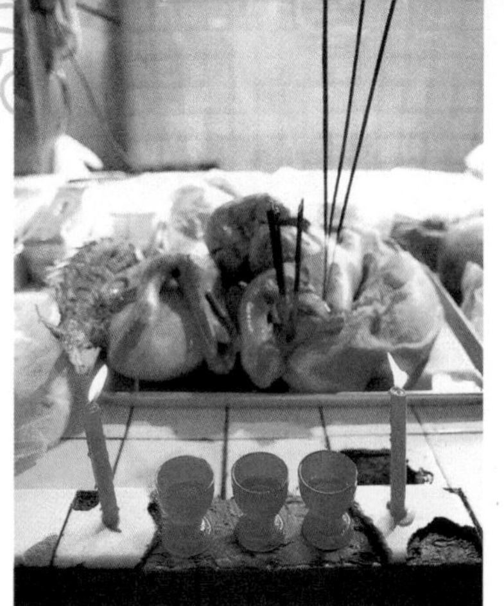
除夕(台湾)

闽台民间在二十四诸神上天之后或前数日要举行拂尘。拂尘又称扫尘、扫年等，就是家家户户大搞清洁卫生，打扫屋宇，洗涤家什器皿。尤其是厨房，从灶台、锅盖、菜橱、门窗，都得把烟灰油垢擦洗得干干净净。拂尘不仅大搞卫生，还寓意扫除家中一切晦气，以保来年平安。闽台拂尘的工具通常用新购未用过的扫帚，并在其上贴红纸，以图吉利。

11. 除夕

农历十二月的最后一夜，旧的一年至此而除，第二天即开始新的一年，闽台民间称之“除夕”、“除夜”、“大年夜”、“做年”、“做岁”、“年兜夜”等。由于十二月有大小月之分，故除夕如在小月二十九日则称“廿九暝”，在大月三十日则称“三十暝”、“三十盲脯”（方言“盲脯”意为夜晚）。

除夕是一年中最后的一个节日，民间极为重视，以种种方式来辞旧迎新，持续时间长，仪式隆重，尤其讲究合家团聚、吉祥如意、发财平安等。

自农历十二月二十四祭灶之后，闽台民间便进入了“年兜”（“兜”即“底”之意，年兜即指近年底除夕）。家家户户开始为购置年货而忙碌，稍为富裕的人家，鱼肉、蔬菜、瓜果、糕饼等样样齐全。闽台民间还忌除夕日杀鸡鸭，故在除夕前就得把鸡、鸭宰杀好。许多地方杀鸡还有讲究，拔鸡毛时要留三根尾毛，意思是有头有尾。煮鸡时要使鸡头与脖子成“之”字形，使头与背成昂首状，两腿往后伸直，俗称“金鸡报晓”。闽台民间除夕前几日的一项重要准备工作是做各种糕粿。糕粿种类很多，主要以米粉制成，如甜粿、菜头粿、芋粿、红龟粿等等。

闽台民间还盛行除夕前几天中人们互赠礼物，俗称“馈岁”、“送年”、“分年”。光绪《漳州府志》卷38《民风》载：漳州“除夕前数日，亲朋持礼物相赠，谓之馈岁。”《彰化县志》卷9《风俗志》亦载：彰化“除夕前数日，亲朋以物相馈曰送年。”福清除夕之前“家相馈以牲果、年糕，谓之分年”。（光绪《福清县志》卷2《岁时》）闽台许多地方，尤其是出嫁的女儿，年关之前得向娘家父母送年礼，俗称“送年”、“分年”。

除夕那天，在年夜饭之前中午之后，闽台各地家家户户都要祭祀神明祖先。祭祀一般分三个部分进行：一是祭天地神明。供拜丰盛的牲醴、蔬果等，点香燃烛，并烧冥镪。祭毕，鸣鞭炮退神。祭祀诸神的地点在屋内厅堂举行，但也有例外，如供土地神（俗称“地主”）地点则在大厅后部的地上。二是祀祖先。供品摆在祖先的神位（俗称“公婆龛”）前的长案上，同样也是焚香点烛烧纸钱，然后燃放鞭炮退席。三是祭“下界爷”（即所谓野鬼孤魂等）。祭“下界爷”的供品比祭祀神明祖先要简单得多，也不放鞭炮，以示“下界爷”身份低下，不能与天地神明、列祖列宗同等对待。祭“下界爷”的地点放在住宅门口的地上，而且供品是放在木板或卸下桌脚的桌面上。闽台除夕祭祀神明祖先中较具特色的供品是春饭和桔子。春饭就是用小碗装上饭，饭上插红纸做的花。这种纸花又称“春仔花”或“饭春花”。春饭又称过年饭，在闽南方言中，“春”与“剩”谐音，取“岁岁有余粮，年年食不尽”之意，因此春饭不在除夕这天食用，要一直供到明年正月。闽台作为供品的桔子摆得更久，往往要到元宵才能拿下来，俗话云：“上元暝拆柑棚”。“桔”与“吉”谐音，意为来年吉祥如意。民间另一种说法为“是日（元日）人家皆以柑祭神及先，至元宵乃撤（按此即传柑遗意，《岁时记》：上元以柑相遗，谓之传

过节（福建） 摄影/黄飞鸣

年夜饭(台湾)

柑）。”（民国《泉州府志》卷20《风俗》）闽台不少地方除夕还要在门后放二根连根带叶的长年蔗，寓意生活甘甜美满。

祭祀神明祖先之后，全家团聚夜宴，俗称“围炉”、“吃年夜饭”、“合家欢”等。闽台民间最为重视除夕的团圆饭，全家围着桌子吃一年中最丰盛的菜肴，饭桌下置一红泥小火炉，炉的外壁贴上一张方形红纸。炉中炭火熊熊，炉边置一些铜钱，以示温暖如春，财气旺盛。围炉时全家不分大小贵贱，均要上饭桌同时就餐聚饮，互相祝贺，亲亲热热。就连家中地位最低的童养媳、佣人也和大家举杯共饮，大饱大醉，故民间有“廿九暝无媳妇”的俗谚。围炉以全家团圆为吉祥，因而外出谋生的家人，除了特殊的原因，都要赶回老家团聚。如果实在无法返回，家人要空出一个位子放他的衣物，并摆上碗筷，以示团聚和思念。有的地方甚至还要给已下聘但未过门的媳妇、以及怀胎还未出世的孩子留座位、放餐具，以示团圆。

围炉时不仅菜肴丰盛，而且多有象征意义。围炉时要吃鸡，禁食鸭。因为“鸡”与“家”谐音，食鸡表示“起家”，寓意家运昌兴；而“鸭”则与“押”谐音，有“在押”之嫌，故视为不祥。围炉家家户户不分贫富一定要吃长年菜（即芥菜或菠菜），以示长寿、幸福绵长之意。韭菜也是除夕必不可少的一道菜。“韭”与“久”同音，吃的时候要一根一根从头吃到尾，不能咬断也不能横着吃，俗信这样年寿才能“长长久久”。围炉时菜头也是受欢迎的菜，吃菜头寓意后有“好彩头”。闽台民间在除夕之宴还尤其要吃蚶。古时曾以贝壳作为钱币，因而蚶有财富之象征。不少地方吃完蚶后把蚶壳留着，待围炉后把它郑重置于门后或床下，预兆来年发财致富金银满屋。除夕宴上，“全鱼”这道菜也不能缺，而且一般不吃，以寓“年年有余”。除“全鱼”外，除夕夜的每道菜每人都要吃一

列祖列宗（福建） 摄影/周跃东

点，连平常滴酒不沾的妇女也得象征性地喝一口。俗信这样方为吉利。围炉的最后一道菜通常是甜的，如花生汤、菠萝汤或糖芋泥等，寓意往后的日子一甜到底。

团圆饭后，家中长辈给未成年的晚辈发“压岁钱”，祝他们平安健康成长。此俗在闽台各地还有不同的讲究。如台湾“压岁钱系用红线穿制钱百枚，取意长命百岁”。（《重修台湾省通志》卷3《住民志·礼俗篇》）福建“福州俗例是长辈夫妇都健在，给的‘红包’为两包，如只有一方健在，则给一包，但二者的钱额应是双数，表示好事成双。”（《福建省志·民俗志》第276页）

闽台除夕宴后，家家户户守岁，与全国各地无异。守岁时往昔人们谈笑风生，嗑瓜子，斗纸牌，搓麻将，打扑克，如今则增加看电视，等待新年钟声敲响等内容，尽兴娱情达旦。俗信除夕之夜子女越迟睡父母越添寿，为子女者为尽孝心，都达旦不眠，故民间又称除夕夜为“长寿夜”。

第四章

闽台饮食习俗

客家“作大福”（福建） 摄影/赖永生

闽西汀洲百壶宴（福建）　摄影/林密

第四章
闽台饮食习俗

闽台地区气候温暖湿润，依山傍海。人们靠山吃山，靠海吃海，以稻米为主，缺粮区辅以番薯，以水产品为佳肴。

米的煮法，含水量多的称“粥”，干的称“饭”。民间将饭以煮法不同称捞、蒸、焖。捞饭系用竹做的“饭篱”捞上米饭，作为中、晚餐之用。剩下的米汤和米饭余粒作为早餐的粥。闽台不少地方还把隔夜的米汤用于“浆衫”，使衣布保持洁白、平直。有的也有把米汤与食后残余废料作为养猪的饲料。蒸饭是将米粒浸泡后放入蒸笼里蒸煮，或与捞饭结合，将捞出的半熟米饭上甑炊熟。焖饭与煮粥相似，把米和水直接放入锅内，但焖饭比煮粥少放水，待米煮熟后，水份自然消失。

明代福建被“人稠地狭”所严重困扰，即使大量向境外移民或依赖江

锅边糊（福建） 摄影/林瑞红

沙茶面（福建）　摄影/林瑞红

浙等地粮食的补给，也不能及时解决稻米不敷日甚一日的燃眉之急。在这种情况下，高产农作物番薯的引进和推广，对根本缓和福建的人口增长与耕地、粮食发展之间的严重矛盾，具有重大的意义。

番薯传入台湾的时间亦甚早。明万历三十一年（1603年），陈第所撰的《东番记》中记载的台湾农作物就有了番薯。据陈汉光先生考证，台湾的番薯也是由福建移民引进的。到了荷据中期以后，台湾南部已经盛行栽培番薯，主要还是在汉族移民居住区推广。（参见陈汉光《番薯引进台湾的探讨》，《台湾文献》第12卷第3期）

番薯在闽台广泛种植后，品种不断得到改良，产量日益提高，逐渐成为沿海严重缺粮区的主食了。如福州、莆田、仙游、闽南及台湾，贫穷之家，一日三餐，常以番薯掺稀饭。特别缺粮的地区，秋冬之后，则专食番薯度日。番薯的制作方法主要有：即蒸即煮即烤即吃，也可切片或剁碎晒干为白片子和薯末子，或擦丝晒干为番薯丝，还可以蒸熟后晒干为番薯干，以及加工为番薯粉，用以酿酒等。林豪在《澎湖厅志》卷9《风俗》

炸五香（福建） 摄影/林瑞红

即云："澎人常饭，夏用黄黍煮粥，或以膏粱舂碎杂薯片煮食。……秋后皆食生地瓜，冬春食干地瓜，即薯片、薯丝也。"福建沿海城镇的大街小巷，还有专门卖蒸番薯、焖番薯、烤番薯的，成了一种地方风味小吃。

闽台沿海，四季如春，浅水滩湾，水质肥沃，海产资源十分丰富，海鲜佳品，常年不绝。闽台先民，依山傍水，好食腥味，已成风俗。闽台海域常见常食的鱼类和贝类有数百种之多，其中最具地方风味、最受百姓欢迎的是：牡蛎、泥蚶、蛏、蛤、贻贝（俗称淡菜）、虾、黄花鱼、加腊鱼、鲳鱼、马鲛鱼、带鱼、乌贼等等。蛤类中以生长在长乐漳港海边沙坡的西施舌（俗称海蚌）最为珍贵。其肉嫩味美，色香形俱佳，自古为贡品，驰名海内外。《闽部疏》称之

云霄肉丸（福建） 摄影/林瑞红

干拌面（福建） 摄影/林瑞红

曰：“海鲜出东四郡者，以西施舌第一。”

闽台江河溪流纵横，池塘陂圳星罗棋布，淡水鱼产十分丰富。如著名淡水鱼有鳗鱼、鲢鱼、鲫鱼、草鱼、鲤鱼、鲶鱼以及虾，水田间有泥鳅、鳝、螺等，溪涧潭壑中有鳖、蛙、蝈（棘胸蛙）等。

闽台饮食尽管品种繁多，但数量最多、最富有特色的是米、地瓜和海鲜制品。如各种粿类、鼎边糊、粽子、米粉、老酒等都是米制品，鱼丸、燕皮、蚝仔煎、地瓜烧等都是番薯制品，或者地瓜粉是其中主要原料，鱼丸、蚝仔煎、鼎边糊中海鲜是不可或缺的原料。还有在各种宴席中，生猛海鲜、地瓜粉是最重要的烹调原料。究其原因，闽台地区气候温暖湿润，处于东南沿海，盛产稻谷、番薯、海鲜，人们在饮食上自然是就地取材，这就是靠山吃山、靠海吃海。

闽台烹调多汤汁，调味喜甜、清淡、鲜美，这与北方的干食，调味喜咸、辣、浓烈大相径庭。炎热的气候使人体的水份消耗较大，必须大量补充水份，因此民间饮食重视汤汁。民间普遍认为食物最补（营养）的部分都化在汤里，剩余的是没什么营养的“渣”。因此，许多饮食店都用大锅文火熬出乳白色的骨头汤，或在食物中加水和调料进行清炖。食物煮汤，最容易保持其原汁原味，比较清淡、鲜美。闽台盛产蔗糖。糖性微温，有润肺调和脾胃的功效，在食物中加糖，还有防腐去腥的作用。因此，在气候炎热潮湿的闽台地区，烹调食物多加糖受到人们普遍的欢迎。

闽菜是以福州为代表，融合了闽南和闽西等地区不同风味的地方菜而形成的一种福建菜系，是南方菜系中的独特一派，已被列为我国八大菜系之一。闽菜既具有中国烹饪文化的优良传统，又突出了浓厚的地方特色，尤擅海鲜佳肴，创造了淡雅、鲜嫩、和醇、隽永、色香味形俱全的系列菜谱。闽菜在烹饪技艺上具有四大特征：其一刀工严谨巧妙，入趣菜中，富于美感。如“淡糟香螺片”、“鸡首金丝芋”等菜，以剞花如荔、切丝似发、片薄如纸的精湛细腻刀法，来表现其造型。其二汤菜居多，讲究原汁原味。巧加调料，去除原料中的膻、苦、涩、腥等味，又能保留其原味。如清炖河鳗、甲鱼等。其三调味清爽，偏于甜酸。闽菜善用糖、醋、酒、糟，以甜而不腻、酸而不涩、淡而不薄而享有盛名。其四烹调细腻，丰富多彩。闽菜选料精细，泡发恰当，调味精确，制汤考究，火候适宜。烹调方法丰富多彩，主要有熘、爆、炸、炒、蒸、煨、焖、氽等。尤其是汤菜居多，成了闽菜与其他菜系的明显区别之一。

在闽菜谱系中，首屈一指的当属“佛跳墙”（又称“福寿全”或“坛烧八宝”）。该菜融鱼翅、海参、鸡、蹄筋、干贝、香菇、鲍鱼、笋尖等20多种山珍海味于一坛，美味绝伦，入口欲化，一菜成席。传说该菜源于清光绪年间，为福州聚春园菜馆老板郑春发开创。一日，几位秀才来到聚春园饮酒，尝到此菜时，拍手称奇。一秀才趁兴吟诗云：“坛启荤香飘四邻，佛闻弃禅跳墙来。”遂缘此而得名。由于

佛跳墙（福建） 摄影/储永

乌鱼子（台湾） 摄影/梁希毅

闽台交往的密切，此菜出现不久后即传到台湾。连横《雅言》云：“跳墙佛（即佛跳墙），佳馔也；名甚奇，味甚美。福州某寺有僧不守戒，以猪肉、蔬笋和酱、酒、糖、醋纳瓮中，封其盖，文火熏之，数时可熟。一日为人所见，僧惶恐，跳墙而逃，因之名曰跳墙佛。台湾亦有此馔，稻江杨仲佐氏尤善调饪。”连横所记菜名和来源传说虽异，但其菜烹饪方法与福州正宗佛跳墙是完全一样的。

闽台传统的客家菜与这一地区主流的闽菜略有不同。其一在取料方面，主要为家禽、粮食、山珍、淡水产品（不是海产品）。传统的客家菜中较有特色的是酿豆腐、盐焗鸡、炒仔鸭、狗肉煲、老鼠饭、焖香茹、如意笋、炖鱼肚、涮九品等。由于客家人住地离海较远，海味难得，所以养成了客家宴席山珍多海味少的特点。客家菜中酿豆腐是年节喜庆宴请宾客的必备菜，用豆腐、猪肉、大乌咸鱼、香菜、辣椒酱、酱油、薯粉七种料子做成，具有咸、肥、嫩、滑、香的独特风味。其二传统客家菜大多形粗量多。在刀功方面，粗犷而质朴。如一盘“白斩河田鸡”最多斩成十几块；而“咸菜扣肉”是以一二两一块的五花肉与菜干拌蒸而成。而且每道菜常用大碗盛满，非得让客人吃饱有余而后快，然后将剩余而未出桌的作

小吃（台湾）　　夜市小吃（台湾）

为“回菜”赠给亲朋带回去。

光饼（福建）
摄影/梁希毅

闽台的风味小吃，花色繁多，品味佳美，称誉遐迩，吃不胜数。如福州地区有：质弹色白、香松清脆的鱼丸，一般用鳗鱼、鲨鱼等鱼肉捣成泥糊状，调拌优质地瓜粉为皮，用精肉、虾仁等作馅，捏成丸子。煮熟后泡以美味高汤，加上葱花，口味鲜美。福州街巷到处可见鱼丸店。除店卖外，还有走街串巷肩挑叫卖者，以调羹敲打小碗招徕顾客。卷薄汤清、入口自溶的鼎边糊，其主料为米浆，锅汤烧开后，将米浆均匀浇于锅边，稍干后用小铲刮入锅中，与蛏、蛤、虾米、丁香、鸡鸭内脏、肉丁、香菇、木耳等煮成的汤合成。其食用时再配上油条、蛎饼，一湿一燥，相宜可口。软嫩可口、食之滑爽的扁肉燕，用捶打烂的瘦肉泥和以优质薯粉，加工成薄如纸片的肉燕皮，然后再以剁碎的猪肉作馅，包成扁肉燕。将其放入高汤中煮熟，佐以葱花、香醋、味精，其味鲜美爽口。福州的大小宴席中，一般都有“太平燕”这道菜，即用扁肉燕煮鸭蛋，以寓意太平吉祥。在福州方言中，“鸭卵”与“压乱”谐音，故称鸭蛋为“太平”。最富有历史民俗意义的当属光饼和征东饼，此为明代抗倭民族英雄戚继光的军糇遗制。据说戚继光追歼倭寇至福清牛田（今龙田）时，为减少炊时，即布置各营以炭火炙面粉做成两种圆饼。一大一小，中间均留一小孔，系绳串背于身，作为便于携带的临时军糇，随时可以充饥，大大增强了军队的流动战斗力。平定倭寇后，福州、福清等地的百姓为了纪念戚继光，纷纷仿制这种圆饼，小者称“光饼”，大者称“征东饼”。还有福州的线面，亦很有乡土特色，早在宋代就开始流行了。福州民间传说为九天玄女指点创制，故制面人拜九天玄女为“制面始祖”，家奉其神像。线面生产，工艺精湛，制作考究，一般可用手拉出直径小于0.75毫米的面线，丝细如发，洁白似银。食用时具有软而

夜市小吃（台湾）
摄影/梁希毅

蚵仔煎（台湾）

韧，不糊汤等优点。因其在所有的面制品中长度最长，民间俗称“长面”。闽中习俗，正月初一早上，人人吃线面，寓健康长寿，故祝寿亦纷纷送之，别称“寿面”。妇女分娩坐月子时，多以为主食，又称“诞面”。结婚订亲，男方送女家线面，称之“喜面”。游子离家或远客临门，必以线面加两粒蛋煮之，谓之“太平面”。总之，线面成了民间家家户户常备的一种面食。

平安龟(福建)　摄影/林瑞红

闽南的小吃以“蚝煎”（又称“蚝仔煎”）最为有名。它选用海蛎中上品“珠蛎”为主料，将鸭蛋、地瓜粉和切碎的蒜苗调匀，再用适量的猪油在平底锅里煎至两面酥黄，吃时佐以蒜茸、沙茶酱等调料，香脆细腻，鲜美可口。泉州、晋江一带赞食蚝仔煎“连舌头也卷入去了。”厦门地区的小吃，则以油葱、芋包、虾面最负盛名。泉州、莆仙沿海一带，海鲜贝类尤为丰富，居民嗜食。由螺、蛎、虾等制成的海味小吃摊点，布满大街小巷、戏院广场等公共场所。小碟小盘、生熟皆备，再佐以各种酱料，别有风味。

筒仔米糕（台湾）

台湾的烹饪风格酷似福州和闽南，而更偏甜。风味珍馐之繁多，亦难以尽录，凡闽粤两省普遍有的，台湾大都俱备。如福州的鱼丸、扁肉燕，闽南的“蚝仔煎”、糕粿，广东的肉粽等，都是台湾居民最喜爱的小吃。台湾有句俚语：“鱼丸、燕丸、太平燕，男女老少吃不厌；肉粽、薄饼、担子面，街头巷尾皆可见。”海鲜类的炒螺、炒九孔、西施舌、龙虾火锅、醉虾等菜肴，更以其浓厚的乡土气息而闻名。

闽台的一些年节祭品，也是颇具地方特色的风味小吃，很多都是米制品。如在年节或祭祀神祇的时候，几乎是家家户户都要炊粿。炊粿一般是用五分糯米配合一分的粳米，磨成粉粿，压去水分成为“粿粹”。粿粹有生粹及熟粹两种，生粹是将粹加以二十分之一的熟粹揉成的，熟粹就是蒸熟的粿粹。做粿的方法是将生粹包馅，压扁然后盖粿印。馅有甜馅或咸馅。甜馅一般有红豆仔馅、绿豆馅、土豆仁馅，咸馅有菜脯签馅（用萝卜干丝加虾米、胡椒、五香末等）、咸菜馅（咸菜加猪肉、虾米、胡椒、五香末等）。喜庆用的粿上面染红、或用红粿粹盖在上面，然后再用粿印盖成龟形或桃形。若是丧事用的粿则不染红，称作白粿或软粿仔。粿的种类有红龟粿、甜粿龟（全甜的没有馅）、茨曲粿（全甜无馅而加茨曲的草捣碎而蒸成的）、碗糕粿、发粿（粿粹不压水合糖使发酵后用碗盛而蒸熟的为碗糕粿，用小蒸笼蒸熟的为发粿）。其他还有作为年糕的糖粿、咸粿（合猪肉、虾米、干贝、胡椒、五香末等）、菜头粿（即咸粿加萝卜丝）、芋粿（即咸粿加芋头丝）等。

当归鸭（台湾）　　食补（台湾）

客家人的大米制品称粄，与“粿”相似，但不完全相同。粄的种类繁多，有糍粑粄、簸箕粄（面帕粄）、禾米粄、老鼠粄、虾公卵粄、绿豆粄、芋子粄、搅饭子粄、忆子粄、苎叶粄、艾叶粄、白头公粄、烙粄、煎粄、灰水粄等。多数粄是将大米碾成粉或磨成浆，再添加不同的佐料，如绿豆、苎叶、艾叶、糖，或裹以虾仁、猪肉、豆腐、香菇、笋干等做成的馅料，然后用搅、蒸、煮、烤、炸等不同的方法制作成味道各异、色彩形状不同的粄。粄是客家人饮食文化中最具鲜明特色的食品之一。

闽台民间受阴阳思想的影响，对食物颇讲究冷性、温性（或平性）、热性、燥性、湿热性等。如同为蛋类，鸡蛋为热性，鸭蛋为冷性。民间认为鸡栖息陆地，所食干燥，其产卵必在白天，故属阳性，其蛋即为热性。而鸭子则常在水中，捕食鱼类、贝类，其产卵必在夜晚，故属阴性，其蛋即为冷性。另外，同一种食物，由于其烹调的方法不同，其性质也变得不同。同为猪肉，如用油炸的方法烹调，那就具有燥性；如用水煮的方法，则就具有温性；如用清炖的方法，那就具有冷性了。

闽台还普遍流行着食补之风，以秋冬之交的“补冬”居多。一般是鸡、鸭、羊肉、猪脚、猪肝、鳗鱼等荤食为主，清炖而食。讲究者，再配以中药当归、川芎、党参、熟地、白术、茯苓、人参等。闽台比较常见的食补还有是12—16岁的小孩“转大人”发育时期所特意给他们吃的食物。如给男孩子吃雄鸡炖八珍（当归、川芎、白芍、党参、熟地、炙草、白术、茯苓）或蚶壳仔草与酒炒猪肉，女孩子则吃雄鸡炖红曲、蚶壳仔草。据说吃这些食物可以助其发育。台湾农家在农忙季节，常以猪肚、小肠等配“四臣”（中药淮山、芡实、莲子、茯苓等），文火慢炖，制成“四臣汤”，作为家中主要劳力之补品。据说此汤如给小孩食用，可增加他们食欲。

闽台民间还普遍相信滋阴补阳之说。滋阴即要吃冷性食物，以避免热性、燥性，调节体内虚火。如吃清炖甲鱼、清炖鲍鱼、冰糖炖燕窝等，而且最好在就寝前食用。补阳就要吃热性食物，以壮气补肾、扶元益血。如吃羊肉、猪脚炖八珍、红酒炖河鳗或鹿茸、鹿鞭等。民间还讲究滋阴时忌吃热性、燥性食物，如油炸食物、羊肉、鹿茸等；补阳时忌吃冷性食物，如白菜、萝卜、水果等。否则，将会破坏食补效果。

饮茶是一种综合性的民俗活动。我国种茶、饮茶，历史悠久。闽人种茶、饮茶亦有千余年的历史了。福建著名的茶叶有武夷山岩茶、安溪乌龙茶、铁观音、福州的茉莉花茶等。

福建不仅名茶甚众，饮茶、品茶之风，亦独具一格。早在宋代，闽北茶区，民间就盛行着一系列的“试茶”、“点茶”（即“斗茶”、“茗战”）等品饮方法。宋人蔡襄的《茶录》、范仲淹的《和章岷斗茶歌》等，都曾生动而详细地描绘了当时建安一带民间斗茶的起因、过程和影响。如《茶录》记载的斗茶过程为：炙茶、碾茶、罗茶、候汤、洗盏、点

（福建） 摄影/储永

茶等。其中当属候汤最难，“未熟则沫浮，过熟则茶沉”。点茶则最为关键，“先注汤调令极匀，又添注入环回击拂。……其面色鲜白，著盏无水痕为佳”。可见对茶具、水质、用茶种类、研磨茶饼、煮水候汤、泡饮添注等，均已十分讲究。这种斗茶之俗至今仍在闽台地区流行。如道光《厦门志》卷15《俗尚》载：“俗好啜茶。……然以饷客，客必辨其色香味而细啜之，否则相为嗤笑。名曰‘工夫茶’，或曰‘君谟茶’之讹。彼夸此竞，遂有斗茶之举。”龙溪地区斗茶之俗更为讲究，“远购武夷茶，以五月至。至则斗茶，必以大彬之罐，必以若深之杯，必以大壮之炉，扇必以溪之，盛必以长竹之筐。凡烹茗以水为本，火候佐之水，以三义河为上，惠民泉次之，龙腰石泉又次之，余泉又次之。穷山僻壤，亦多耽此者。茶之费岁数千。”（光绪《龙溪县志》卷10《风俗》）

闽人品茶主要有“功夫茶”，是唐宋茶道之余韵。其技艺高深，可谓集饮茶文化之大成。“功夫茶”对茶品的选择，闽北以武夷岩茶小种为最上，所

茶具（台湾）

茶点（福建） 摄影/储永

谓“茗必武夷”也。闽南多选用安溪铁观音。茶具讲究精细典雅，茶炉、煎水壶、茶壶、茶盏被称为功夫茶的“四宝”。“壶有小如胡桃者，名盂公壶。杯极小者，名若深杯。”（施鸿保：《闽杂记》卷10《功夫茶》）一般是一壶配置四小盏。泡饮时，先以净水洗涤茶具，继之以沸水烫壶盏，再置茶于壶中，高注沸水，或满或稍溢，随即以壶盖沿壶口轻轻刮去表面污沫。再加盖，乃取沸水徐淋壶以保温。接着再用沸水洗空盏，然后才开始倾注茶汤，讲究高冲低斟。“饮必细啜久咀，否则相为嗤笑。”（同上）斟茶时空盏盏口可接，来回斟注，周而复始，俗称“关公巡城”。余汤则要分杯斟入，点滴不遗，又称“韩信点兵”。这种方法斟出的茶，每一杯色泽浓淡均匀，味道不相上下。一泡之后，重新烫洗空盏，再如法炮制数次，味犹未尽。如此品饮，才能真正感受到福建名茶释躁平矜，怡情悦性，香高幽远，渐入佳境的清馨韵味。闽台不少人嗜茶成瘾，茶叶“文火煎之，如啜酒。……有其癖者不能自已，甚有士子终岁课读，所入不足以供茶费。”（道光《厦门志》卷15《俗尚》）

台湾种茶的历史较短。《台湾通史·农业志》曰：“台北产茶近约百年，嘉庆时，有柯朝者归自福建，始以武彝之茶，植于鱼坑，发育甚佳。既以茶子二斗播之，收成亦丰，遂相互传植。”台产茶叶，向有红绿之分，以乌龙最为闻名，清芬扑鼻，浓郁高雅，不让安溪原产。台湾人品茶方式，“与中土异，而与漳、泉、潮同；盖台多三州人，故嗜好相似。茗

茶山（福建） 摄影/储永

茶叶

必武夷，壶必孟臣，杯必若深。三者为品茶之要，非此不足自豪，且不足待客。”（连横：《雅堂文集》卷2《杂谈·茗谈》）很明显，这就是功夫茶的茶道。

闽台的客家人保留着擂茶的习俗。擂茶与功夫茶风格迥异，功夫茶小壶小盏，典雅细味；而擂茶则大碗朝天，古朴粗犷。擂茶的原料和制作方法，因地因时因人而有所不同，大致可分为两大类：一是米茶，即古人所谓“茗粥”。制法是将茶叶、生米、生姜等用水浸泡，然后放在内壁布满辐射状沟纹并形成细牙的陶制擂钵里，用2-4尺长、杯口粗的油茶木或山楂木等可食杂木做成的擂槌，反复碾磨成糊状；复拌入韭菜、香薯丝等，倒入锅中煮成稀粥。食用时，再撒上适量的油炸碎花生米、芝麻及另行炒熟的菇、笋、肉丝等佐料。二是香料茶，也叫庵茶或盐茶，现在人们所说的擂茶主要就是指这种茶。它的基本原料有茶叶、中草药陈皮、甘草、川芎、肉桂、白菊、小茴香以及油、盐、姜等。其中草药的加入可随季节的不同而不同，如春夏湿热，用艾叶和薄荷；冬天寒冷，用竹叶椒等。制作时也是将原料置于钵中，手握擂槌将其碾成茶泥。然后将茶泥分置一个个碗中，注入开水，风味独异的香料茶就算做成了。人们在饮用香料茶时，也可在茶碗中撒上芝麻、米花、粉条、干果、菇笋、肉类等。

客家人在食擂茶时往往是见者有份，越食人越多。若有客人来，尤其是女客，则宾主皆在饭桌边团团围坐，邻居主妇亦不邀

而至，并携来各种茶点，如炒花生、盐酥豆、桔饼、油炸糕等，都用小盘子装着，琳琅满目。

闽台城镇街巷，随处可见茶肆，俗称“茶桌仔”。闽台许多地方在行旅经过的路旁或树下摆着一个大水桶，上面写上“奉茶”，供来往行人免费饮用。比较讲究的还盖一个小棚称之为“茶亭”。尤其在穷乡僻壤、交通不发达的地方，茶亭更显示出供行人饮茶解渴、避暑躲雨、歇足憩息的功效，这充分表现出闽台民俗中乐善好施的一面。闽台民间还普遍流行以茶待客的习俗。平常有客来访，首先是请客喝茶。在婚嫁喜事中也以茶作为仪式中的重要部分。如相亲时，准新娘端茶见客。结婚闹新房时，新娘亦以端茶见客称“食新娘茶”，各人念四句，给红包称为“压茶瓯”。

酒的最初功用是作为祭品，后又与礼俗结下了不解之缘。闽台民间早有“无酒不成礼”、“有酒便是宴”、“无客不提壶”等谚语。无论是岁时年节、婚丧喜庆，还是祀神祭祖、宴客会亲，都要有酒。福建名酒有古田红曲、福建老酒、沉缸酒、周公百岁酒等。《闽小记》中还记载了：玉带春、犁花白、蓝家酒、碧霞酒、莲须白、河清、西施红、状元红等十多种佳酿。除专业酿造名酒外，闽台还盛行家酿。如福建南平“乡居有家酿，如峡阳、西芹、徐洋、南溪、漳湖坂、大横皆有库酒发扛。漳湖坂酒如福州造法，生纳瓮中，以筦糠煨熟。峡阳之酒，则从延制，酿窨尚如法。城中市酤酒人或煎蔗糖为膏，益之火烧以助色增酽，或加酒母。酒母者，压糟逾年润回之汁也，入酒味重，饮之令人头眩，又有入药者。”（嘉庆《南平县志》卷8《风俗》）台湾彰化“家酿老米酒，……或以地瓜番黍为酒。”（周玺：《彰化县志》卷9《风俗志·汉俗》）闽人饮酒，盛行酒桌上劝酒、猜拳

行令等习俗。闽北山区尤喜为客人斟满酒，口称“满上”。闽南一带则只倒八分满，留有余地，与人干杯，不能留空，必须见底，否则将被视为失礼。

闽台人喜饮酒，酒以自酿糯米老酒为最普遍，也有以薯酿成的“地瓜烧”和以糖酿成的“糖烧”等。台湾澎湖地区“嗜酒特甚，每日三顿，不离饮酒者十室而九，竟有饮成酒病而不悔者”。（胡建伟：《澎湖纪略》卷7《风俗纪》）福建南平“胥徒多嗜酒，有不粒食而终日醉乡者，近里居亦罕不提壶之家”。（嘉庆《南平县志》卷8《风俗》）

闽台地处亚热带地区，气候湿热，雨量充足，是水果生长的好地方。闽台水果品种繁多，四季鲜果不断。一些地方还流传着反映瓜果季节性的歌谣，兹举闽江流域流传的果子谣以见一斑："正月瓜子多人溪（嗑），二月甘蔗人喜溪（啃），三月枇杷出好世（适时），四月杨梅排满街，五月绛桃两面红，六月荔枝会捉人（惹人爱），七月石榴不上眼，八月龙眼粒粒甜，九月柿子圆车圆（滚圆），十月橄榄不值钱，十一月尾梨（荸荠）排满街，十二月桔子赶做年。"（《福建省志·民俗志》第二章《生活习俗》）

唐宋之时，福建沿海地区的水果品种即负盛名。唐末盛产于福州、莆仙的荔枝已被列为贡品，驰名宫禁。蔡襄《荔枝谱》中所载的闽中荔枝品种曾多达32种，并说蜀粤荔枝，"其精好者，仅比东闽之下等"。宋代，闽产荔枝除了作为贡品转运京师之外，尚北运至辽夏，"其东南，舟行新罗、日本、琉球、大食之属"。（蔡襄:《荔枝谱》）此外，与荔枝齐名的尚有龙眼，主要分布于福州、兴化、泉州、漳州四府。明清时期，福建果类品种更为繁多。就荔枝而言，仅福州一地的品种就多达五六十种。《闽杂记·平和抛》评闽中三大名果曰："荔枝为美人，福橘为名士，若平和抛则侠客也。"清代平和抛（柚），已列为贡品，弥足珍贵。福橘又名红橘，多产于闽江下游沙洲地带，民间视为福寿吉祥的象征，成了春节期间家家户户最受欢迎和必备的水果。

莲雾（台湾）　摄影/梁希毅

香蕉、凤梨和柑橘，则是台湾的三大名果。香蕉最广，产量最高，外销最多，被

台湾槟榔（台湾）

誉为台湾的“果王”。香蕉植株形态丰腴，茎翠叶碧，既可口美味，又具观赏价值。台湾各地，遍植香蕉，绿意怡目，一派南国情调。凤梨又名“菠萝”、“黄梨”等。民间传说，凤梨是妈祖派遣玉山金凤往海南岛五指山向妈祖姐妹讨来的种苗，故俗称“凤来”（方言“梨”与“来”同音）。台产柑橘，大多是随闽粤移民移植而来。台湾的地理条件，更为适合柑橘的生长，所产品味均胜于原种。

在闽台水果中，人们对槟榔尤其偏爱，这在全国比较罕见。至迟在宋代，福建民间嚼食槟榔已蔚为风尚，如林夙诗云：“玉腕竹弓弹吉贝，石灰荖叶送槟榔；泉南风物良不恶，只欠龙津稻子香。”（《八闽通志》卷26《食货》）由此可见，啖槟榔已成为“泉南风物”之一。不仅如此，槟榔在宋代福建还成为请客送礼的重要水果。如招待客人以槟榔代茶，宋人周去非在《岭外代答》卷6《食用》中称：“自福建下四州（福、兴、泉、漳）与广东西路皆食槟榔，客至不设茶，唯以槟榔为礼。”“南人敬爱客，以此当茶汤”。（戴复古:《石屏诗集》卷1《久寓泉南》）人们之间礼尚往来，亦以槟榔为礼品，“东家送槟榔，西家送槟榔”。（戴复古：《石屏诗集》卷1《久寓泉南》）甚至婚娶人生之大礼，亦以槟榔作为聘礼，可见民间对槟榔的看重。“今宾客相见必设此以为重，俗之婚聘亦藉此以为贽焉”。（祝穆:《方舆胜览》卷12《泉州》）宋代福建民间如此看重槟榔，其原因主要当是“槟榔消瘴”，（同上）即食槟榔可以“驱瘴疠”。据李时珍《本草纲目》卷31《果三》载：槟榔“疗诸疟，御瘴疠。”宋代福建“气候……蒸旱则瘴痞作焉”；“蓝水秋来八九月，芒花山瘴一齐发”。（道光《重纂福建通志》卷56《风俗·气候》）到了明清，闽南气候“至山高气聚久郁不散则成瘴毒”。（同上）因此泉州人

甘蔗（福建）

“吉凶庆吊皆以槟榔为礼”。（《八闽通志》卷3《风俗》）厦门民间“睚眦小忿，一叶槟榔两家解释”。（道光《厦门志》卷15《俗尚》）台湾由于开发较迟，故至明末清初，仍多瘴气为害。移民由于“水土不服，瘴疠大作，病者十之七八”。（阮锡:《海上见闻录》卷1）而“槟榔可以辟瘴，故台人多喜食之”。（《台湾通史》卷23《风俗志·饮食》）“男女好嚼槟榔，多者日费百钱，俗云可解瘴气。款客以此为先；闾里雀角及相诟谇，大则置酒解之或罚羽彩示辱，小则只用槟榔数十钱之费，便息两家一朝之忿。”（《云林县采访册》，台湾文献丛刊本第29页）吃槟榔既可治病，又是招待客人的首选食物，又是解决纠纷的好礼品，理所当然其在水果中的地位不同一般。

甘蔗在闽台水果中也具有特别的民俗意义。甘蔗除了作为榨糖的原料外，它还是一种吉祥的食物。在闽南一些地方，每当春节来临，长辈们就到蔗园中与人们一起辞旧迎新，祝孩子们“过年过节，节节长高”。在台

宴桌（福建）　摄影/徐学仕

湾，过年时要放一棵带叶的甘蔗在门里，象征着这个家永远不会没落，期使家门节节高升。有的人家则将两棵连根带叶的甘蔗放在门旁，这是取甘蔗有根（头）有尾，所计划的事始终如意，有节（节气）又红（皮）又甜（汁），具有吉祥的意思。在闽西、闽中一带农村，男女老少皆喜欢正月开春时吃甘蔗，俗称“咬春”。意味着一年生活像吃甘蔗一般，一节比一节甜。在福州，新嫁女在头年春节前几天，娘家叫亲人选送两条甘蔗。蔗用红纸或红线捆扎，当作扁担，一头挑一篮桔子，一头挑一盏花灯，送到夫家，祝愿新婚夫妻生活吉祥如意、早生贵子、美满甜蜜。

闽台宴席一般说来都十分丰盛，菜肴有几百种，山珍海味，美酒果点，应有尽有，限于篇幅，兹不赘述。但就具体一桌宴席来说，菜肴往往是十道、十二道、十四道、十六道、十八道等，甚至有二三十道的。而且忌用单数，喜用双数，喜宴更要用双数，以寓新婚夫妻比翼双飞。出菜的次序也有讲究，往往是先上煎炒类，然后再上汤类菜。到了半宴时就出甜汤，到宴席要结束时，出“全鱼”，以寓意“食有余”，完席时出甜点甜汤。

闽台宴席中对席位的排列也十分讲究，各席桌次的排列一般是以祖堂大厅往大门方向排，上比下尊，中比边尊，左比右尊。宴席座位每桌一般8—14人，忌讳单数。客席座位也有尊卑大小之分，过去往往是以东为大，西次之，北又次之，南最小。居东方中又以靠北的一位为最大，俗称“东一位”或“首位”。现在则有以面对大门居中者为最大位，其紧靠首位东边者为第二位，西边者为第三位，以此类推，与首位对称，背对大门者为最小位。民间遇喜庆筵席，首席为“娘亲”，其余各席按亲戚亲疏远近排列，朋友、邻里则按辈份大小排列。如有一些特别显要尊贵的客人，往往也被安排在首席或次席大位。

宴席进行中也有许多礼节要讲究，如全席客人要以首位行动为准，“首座者必著衣冠，宴毕，首座者未离席，众不敢起。然首席者亦待众醉饱而后离席。”（民国《长乐县志》卷16《礼俗》）宴席开始时由主人先举杯敬客，随后由主人先挟菜劝客，再等主人敬一次酒，动一次菜，客人才开始自由喝酒吃菜。席间敬酒时，位卑者应向位尊者行敬，受敬者也应回敬。如遇人敬酒，不可拒绝，宜举杯饮少许，以示礼到，口称道歉或不能饮，而应劝对方痛饮，这样才算尽礼。宴席未结束，而需中途退席，应向同席者和主人说明理由，并示歉意，不可不告而退。

闽南小吃（福建） 摄影/储永

闽南小吃（福建） 摄影/储永

闽台民间饮食平常普遍比较节俭。往昔，一般民众生活比较贫困，平时连米都比较少吃，而吃番薯签饭或煮番薯签吃，白米饭用于招待客人或逢年过节时吃。菜肴中肉类很少，主要吃用盐、酱、糟等腌制的菜蔬、小鱼小蟹和豆腐、豆腐乳，如最常见的有咸萝卜、咸菜心、咸芥菜、糜瓜、腌瓜仔、糟菜、酸菜、盍瓮菜、咸鱼干、蟛蜞酥等。而且，这些酱咸大多数由家庭妇女自己腌渍。山区农民则制作大量笋干供全年食用。这些食品制作容易，自栽自捕自制，保存长久，四时可用，食量较少，故平时饮食费用很小。另一方面，闽台民间普遍喜宴客、喜排场，遇岁时节庆、婚丧寿筵或其他宴席，则毫不悭吝，倾囊操办。如福建同安一带“通常酒食或十大碗，或八大碗，添二海碗盛甜汤（如糖莲、杏酥类）。稍丰者四海碗，亦有杂以中碗又果碟者。近则日趋奢侈，用燕窝、鱼翅、烧烤猪鸭鸡鱼。多有一席所费不下数十金者。”（民国《同安县志》卷22《礼俗志》）台湾“城市宴客好丰，四千制钱，购备一席，虑不为欢，必肴罄山海，曰满汉席，辄费十余金。”（周玺：《彰化县志》卷9《风俗志》）“台俗豪奢，平民宴会，酒席每筵必二两五、六钱以上或三两、四两不等，每设十筵、八筵，则费中人一、二家之产矣。”（《福建通志台湾府·风俗》）这里，节俭和奢侈形成了鲜明的反差。正如《云林县采访册》所云：“鱼肉、蔬菜，视家有无。村庄饭粥多调合地瓜，且多食盐、酱、瓜、笋等物，最为俭约。若遇村中演剧酬神，则不论生熟宾客争留到家，备酒相敬，陈设丰隆，意极款洽。”

民以食为天，闽台普遍流行每日见面问候“你食饱未”（你吃饱了吗）？相当于今日说“你好吗？”“谋生”闽南语、福州话、莆仙话等方言均说“趁（赚）食”，意即解决吃饭问题。这对往昔温饱尚未达到的人们来说，食是最重要的，最为人所关心的。闽台民间普遍是一日早中晚三餐，但有些妇女因许愿的缘故，每月初一、十五，或每逢三、六、九不吃早餐，谓“减大顿”，以此表示节食，省下食福，留于子孙享受之意。信

闽南小吃(福建)　摄影/储永

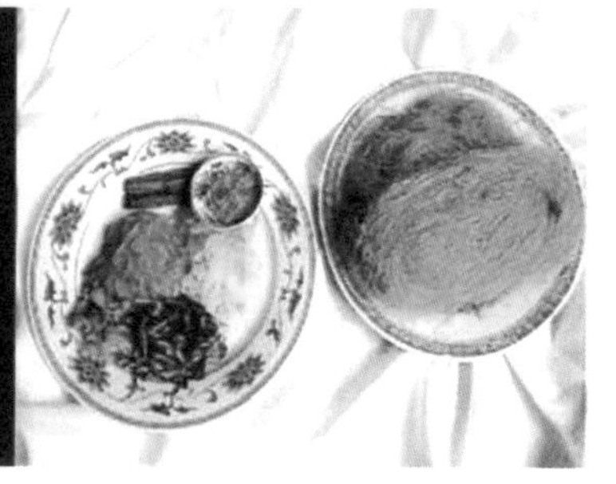

佛的仕女则有吃素的规定，有的长期吃素，不食荤腥；有的每晨吃素，即所谓“持早斋”；也有的在一个月中定期几天吃素，即所谓“吃花斋”。

闽台民间由于长期以来以食为至关重要，惟恐失去食福，故对日常所食小心翼翼，讲究许多禁忌。如民间牢记“一粥一饭，当思来之不易”的古训，禁忌浪费粮食。俗谓“糟蹋粮食遭雷打”。忌吃饭时撒米粒或吃完饭碗内残留米粒。若为孩童，吃饭时不将碗底吃干净，长大后便有娶到“猫某”（即麻脸妻）或嫁给“猫尪”（麻脸丈夫）之虑。此用意无非在教训孩童自小养成敬谷惜谷的观念。在作客吃饭时，要估量好自己的食量，请主人斟酌盛饭，既盛好，一定要吃光，否则留下剩饭等于糟蹋五谷，将嫁祸于主人。居家时对吃剩的食物也未敢损之，经常反复煮吃谓“炀”，直至吃完为止，此为“惜福”的节俭良风。

民间吃饭忌把筷子插在饭上，这跟丧俗中“拜脚尾饭”情形一样。忌吃饭时呼“捧饭”，因为丧俗中人死后七日作一次“旬”，称“祭旬”。这期间，早晚以饭菜祭灵，并举家号哭，请亡灵吃孝饭，俗称“捧饭”。

台湾夜市　摄影/梁希毅

所以，“捧饭”渐成丧家祭旬时专用，平常人吃饭只能说“来捧饭吃”，或“捧饭来”，而绝对禁忌说“捧饭”。闽南还忌折断筷子，俗信此行为兆示家中要死人。闽台各地还忌饭后倒扣碗。安溪人认为，倒扣碗乃祭祀神鬼时举措，以示弃碗给鬼神，与之一刀两断。民间还忌讳春节期间打破器皿，尤忌打破碗，因饭碗被打破预兆全年活路有断绝的危险。平常家长还教育小孩忌吃饭时以筷子敲碗。因为只有乞丐才敲着空碗沿街各家各户乞讨，若小孩用筷子敲碗，怕小孩将来成为乞丐。一些地方宴客时忌中途将空碗碟收拾走，若将碗收走，等于“赶客”。有的则忌端空盘碗时重叠，在丧事席上尤忌，忌讳坏事重来。婚宴上也忌重叠，这预兆会重娶重嫁（即再娶再嫁）。只有祝寿宴席喜空盘碗重叠，这预示将一而再、再而三办寿筵，主人长命百岁。

昔时闽台民间普遍禁吃牛肉。一则因为牛终生为人耕田忙碌，人应对其报恩；二则受佛教和印度教的影响，尤其印度教视牛为神圣。民间认为如吃牛肉将终生有痼疾，而且杀牛的人将不得好报。老母鸡为人类生蛋、繁殖小鸡，人们为感谢老母鸡，多不忍食之，让它自生自灭。若要吃只能让老人食之，小人或大人吃了皮肤会变得像母鸡皮那样粗糙，而且会常患病。

第五章

闽台民居建筑

狮头与葫芦（台湾）

闽西民居（福建）　摄影/周跃东

第五章
闽台民居建筑

各区域都有自己独特的文化景观，其最直观普遍被人感觉的莫过于居民的住房。它不仅反映民俗文化的特征，而且也反映与当地自然环境有关的文化传统。

福建在历史上很长的一段时期内各地区之间的交流相对阻隔，经济发展水平和自然地理条件各有不同，因而各地区之间民居建筑尚存在比较明显的差异性，这在全国各省之中颇为罕见。如果从大区域的建筑用材来分

厅堂（福建）　摄影/周跃东

区，“全省可分为红砖区和灰砖区两大片，大致以福州至永定划线。其东南部分是红砖建筑区，约占全省总面积的五分之一，其西北部是灰砖建筑区，约占全省总面积的五分之四。……在红砖区，其建筑华丽，装饰丰富，色彩鲜艳；而灰砖区的建筑则比较朴素、简洁、淡雅”。（黄汉民：《福建传统建筑》，《福建文化概览》第457页）若以建筑的布局、结构、材料、装饰等不同的风格来划分，又可具体分为以下几个地区：（1）福州地区：大都为纵向一字形排开，似龙状，俗称“一条龙”。一般是纵深二间，前后两坡水，以瓦盖顶，中为厅，两侧为官房。大宅则深院高墙，另有天井、厢房、四照，且多在三进以上，福州人俗称“三落透后”。明清时期，多为单层或双层木结构。清末民国后，则以土木结构居多。各院落前后左右都筑有封火墙相隔，以防火灾蔓延，俗称“火墙厝”。福州城内著名的南后街“三坊七巷”，原是福建历代官僚、名士、文人的居住之处。无论巷和坊，均呈东西向，由于各住宅轴线垂直于巷和坊，故各住宅的主要房间均呈南北向，而每座房屋的入口大门都面向坊、巷而开。小宅在一条轴线上安排几进院落，大宅则在二三条的轴线上安排八九进的院落。这种建筑布局，是福州城镇街巷民居

九厅十八井（福建） 摄影/周跃东

民居（福建） 摄影/周跃东

布局的典型代表。

（2）闽南、莆仙地区：以“围龙”形式为主。中为正厅，屋顶最高，以二、三进的合院为中心，两侧横向组合对称，布置条形护厝，分别向两旁发展。左为大房，右为二房。左右屋背略低。由正厅延伸建造的房屋叫“护龙”，两旁再各筑一间，称“五间起”。若从中庭望之，整座房屋像围着一条蜿蜒的龙，故有“围龙”之称。这种横向组合的护厝式民居，最适应于闽南沿海一带炎热的气候条件。泉州城镇的民居中，还有一种纵向布局狭长条形的小屋，因外形很像一条长形的手巾，故俗称“手巾寮”。如中山路骑楼柱廊开间约4米，外廊通道宽2.7米，店面进深很大，平面狭长，是典型的“手巾寮”形式，多为下店上宅。厦门则另有一种“骑楼式”的民居，其房屋低小而多门，上用平屋，人可行走。骑楼前店后居，上宅下市，与闽南地区商品经济较发达相适应。惠安等地盛产花岗石，多有用花岗石建造的完全石结构民居，工艺独特，造型别有风采，成了闽南石文化的一个重要组成部分。

（3）闽北地区：一般为结构规范的土木瓦房，以纵向多进式组合为

主。大门进去为下栋，中有天井，两侧为二间或四间厢房。天井两旁设二、三步台阶至上栋，中有大厅堂，两旁各有两间正房，后阁两边为厨房。部分大的院落，还附有花厅或书房。因山区盛产杉木，亦多建完全木结构的民居，通常不用一钉一铁，只是支穿横榫，挑搭勾连，充分表现了古朴、简洁的特性。

（4）闽东地区：也是以纵向组合式布局为主。多为一厅两厢房的结构，也有一厅隔为前后厅，左右厢房隔为四间的，俗称“四屋”。家庭人口过多的，也有隔成“六屋”或“八房”的。霞浦沿海的三沙等地，也有完全石结构的民居。

（5）闽西地区：布局以纵向组合为主，多土木结构。既有以堂、室、房组成的“三开间”房宅，又有以二厅四间两厢房，另加天井组成的“八间头”房屋。民国《永定县志·礼俗志》说闽西民居的基本形式为：“屋不逾三堂五间七架”，可见一般民居的规模不会很大。闽西的部分客家人与南靖的漳州人相邻而居，其民居与漳州相似，有些甚至是混居而不可分的，唯客家土楼例外。福建的客家土楼气势之恢宏壮观，建筑技艺之高超，以及安全封闭、坚固耐久等，使之成为享誉海内外的著名民居。但是由于历史上这种民居形式在台湾尚未出现，与本书追溯闽台民俗渊源关

土楼（福建）　摄影/赖永生

闽西永定初溪土楼群（福建）　摄影/焦红辉

系的主旨相关性不大，故不赘述。

台湾各地民居的建筑则与移民祖籍互相对应，来自泉州、漳州、客家的移民常聘请各自祖籍的匠师建房，其建筑风格自然与原籍地相似。如宜兰地区多漳州派建筑，台北地区、高雄与屏东漳、泉、客多派混杂，鹿港、新竹多泉州派，竹东与苗栗多客家派，桃园地区、台中、彰化多漳州派与客家派，嘉南平原为泉州派、漳州派并存。（参见李乾朗《台湾的闽南式建筑之特征》，载《台湾传统建筑匠艺》第30页）。

九厅十八井（福建）
摄影/焦红辉

明清时期，随着福建的大量移民，以闽南为主的建筑模式、技术和材料均传到了台湾，成了台湾民居的主流。从前，台湾建筑技术远不如内地，每遇巨大工程，如修建庙宇和富豪巨宅，多从祖籍漳、泉、福州等地聘请良工，俗称唐山师傅。日据时期，日人佐仓孙三在《台风杂记·工匠》云："工匠之精巧者甚鲜，是以富豪筑屋造器，大抵聘良工于对岸，以台匠为之助手。"台湾虽产木材，而昔日建屋

庙顶装饰（福建）　摄影/梁希毅

所需的杉木，却多来自福建闽江上游，所谓福州杉木是也。台湾制砖多以粘土烧成为赭红色，与闽南砖仔相同。但因产量不多，故昔日所用砖瓦仍多来自闽南漳、泉一带。台湾古建筑所用石材，以安山岩、砂岩等为主，但因其品质较差，故建造巍峨庙宇或豪宅时，其所用精致石材也多采用闽南漳泉一带的花岗石。有的则“于泉郡采取巨石，精择良匠刻凿石坊，制度颇称精备；自泉运厦，由海艘配载至台，建于学之方，以壮规制。”（蒋元枢：《重修台湾各建筑图说》，台湾文献丛刊本第13页）所以，《台湾通史》卷23《风俗志·宫室》称：“台湾宫室，多从漳泉。”台湾至今保存着不少由闽南师傅建造，采用福建建筑材料的精美、坚固的闽南式建筑。如台南学甲镇的慈济宫、北港朝天宫、鹿港天后宫、台北龙山寺等著名寺庙，以及板桥林本源宅、陈悦记宅、林安泰古厝等私人大住宅。清代以来，台湾汉族移民的住屋类型，大体上有“院落式”和“连幢式”两种。前者在乡村最为常见，与福建闽南的居民建筑相同。小型的是一厅二房，即在正厅两侧各有卧房，俗称“三间起”。稍大一些的住房，一厅四房，即在主屋两旁各增建一间别栋，俗称“五间起”。增建的房屋同漳泉一样称为“护龙”，亦称“护厝”。“护龙”是从正房两侧向前延伸，成为凹形。若家庭人口过多，还可在“护龙”的后面再增建。也有在主屋后面增建的，称之为“前进”、“中进”、“后进”等。但无论如何，正房的屋顶都必须最高，两侧的落敖稍低，护龙及最旁边的屋顶又低之。屋顶的式样，有“燕尾式”和“马背式”两种。在福建，一般住家的屋顶基本上是马背型的，官衙、神庙以及官绅住宅则多用燕尾型的。这种区别在台湾南部比较明显，而在台湾北部就不是这样，尤其在台北市和台北县，由于富贵人多，大多住宅屋顶都是燕尾型的。城镇之中，多为“连幢式”的楼房，比邻而居，以砖垒墙。面阔小，进深大，家屋即市街店铺，各在檐下设通路，称“亭仔脚”。“亭仔脚”的前面多设扶壁装饰铺号的牌匾，上面作为露台，或成为通风的走廊，里面设有门窗，较适合商业城镇的需要。“富厚之家，各建巨厦，环以墙，入门为庭，升阶为室。”（连横：《台湾通史》卷23《风俗志·宫室》）

台湾的客家人主要来自闽西和粤东。台湾北部的客家村庄多与漳州人相邻，其建筑材料、形式风格与漳州人相似。如桃园客家民居普遍采用红砖，屋脊燕尾也接近漳州式。南部客家人受外来影响较弱，故较多地保存了客家建筑的简朴内敛风格。如屋面的材料多用青灰瓦，墙面喜欢用较大面积的白灰墙或使用灰砖等，有的也搭配闽南红砖，但常用卵石墙基。

福建和台湾民居在住房内部的安排上也是基本相同。家屋的正中为厅、堂，用作敬神祭祖、举办婚丧喜庆和宴请、接待宾客等。厅的正面靠墙处安置一张长方桌，俗称“贴案”、“供案桌”、“长头桌”、“横案桌”等，用于摆设神龛、祖先灵位、香炉、蜡烛、花瓶、古盘等。紧靠“贴案”的正面墙壁上，多悬挂画轴，以神佛画像为多，两边悬联，以红纸写对句。有的也在“贴

狮头与葫芦（台湾）

山墙上的装饰（台湾）

案”正中上方悬彩画大镜。“贴案”前多置方形大桌，俗称“八仙桌”。富家桌前垂挂刺绣桌布，俗称“桌裙”。厅的两旁排列茶几和交椅，用于平时招待客人之用。有的人家在厅堂左右两壁悬挂丹条联各四幅或画轴等，使整个厅堂更显得古香古色，富有书卷气。

客厅的两侧房间为卧室，房中一般有床、橱、桌、椅、洗脸盆架5大件。其中床的布置最为讲究。床前横一高不盈尺的长方凳，长与床齐，曰脚踏椅，以为脱袜登床之用。富豪之家的床甚为精致华丽，上有“承尘”（即床的木顶架），前有透雕花楣，中有箱架、柜，下有踏斗，三面围屏（俗称遮风），各有上中下三层，雕刻人物花鸟山水等。一床价值，远胜小民全家资产也！床的一方置长方形贴案，案上放时钟及案头灯等。前面置六仙桌，六仙桌左右两边放鼓椅（凳子），又置桌柜及竖橱，一为看书写字，一为放装饰及化妆用品。另一边置面盆架，为洗脸之用，附有镜及帽仔架。当然，这是比较富有人家房中的摆设，而普通人家未必齐全，贫寒人家更是简陋，以两条凳搭上木板即是床，卧室内能有一箱一橱就已不错了。

综观闽台民居建筑文化的传承，与北方及南方诸省相比，因地制宜、就地取材，是产生闽台地区性特色的一个重大因素。例如，同样是中轴对称，闽台民居主次分明，突出厅堂，以此组织院落的建筑设计。为了适应东南沿海炎热潮湿的气候，闽台民居主要是按夏季气候条件设计的。为了组织通风，室内外空间多做成互相连通，门窗洞口开得较大。为了克服夏天因湿度大而带来的闷热，采取了避免太阳直晒和加强通风两个办法。房屋进深大，出檐深，广设外廊，使阳光不能直射室内，取得阴凉的室内效果。另外在房间的前后左右都设有小天井和“冷巷”，加速空气对流，使房间阴凉。闽台民居又特别注重封火墙及屋顶上部轮廓线的处理，一般是利用“马头墙”的各种变形和“歇山式”、“硬山式”、“悬山式”、“庑殿式”等几种屋脊式样来表现。“马头墙”即民居中高出屋脊的墙头、封火墙和围墙的总称，有平形、阶梯形、弓形、鞍形、燕尾形等多种形式，是闽台封闭式民居最常见的上部墙廓形式。“硬山式”为双坡屋顶形式之

悬鱼（台湾）

鸟踏（台湾）

一，两侧山墙同屋面齐平或略高一点，屋檐窄小，有的另加披檐。“悬山式”是由四个倾斜的屋面，一条正脊和四条斜脊，两侧倾斜屋面上部转折垂直的三角形墙组成，形成两坡或四坡屋顶的混合形式，也有另加披檐的。采用这类屋顶上部式样的处理技术，与闽台多山面海、风大雨多的自然环境密切相关，所以在沿海一带尤为常见。

闽南沿海地区缺乏木材，却富产花岗石，所以民居以砖石或石结构为主。不仅建筑的梁柱用石头，甚至连楼梯、门窗框也用石头；不仅外墙用石头，连室内隔墙也用石头。这些石结构房屋不仅坚固耐久，而且还追求美观，产生了举世闻名的惠安石雕艺术。人们通过沉雕、圆雕、浮雕、线雕、影雕等，雕刻出栩栩如生、出神入化、形象分明的人物、飞禽走兽、山水、花卉、花纹图案等，用以装饰建筑。这些石雕体现了闽南建筑的鲜明特色，并随着闽南移民而深刻广泛地影响到台湾。

民居（福建）　摄影/周跃东

龙凤剪粘（福建）　摄影/梁希毅

闽南、台湾民居的一大特色是红砖建筑，所用红砖色泽鲜艳，质地坚硬且纹路清晰。用红砖组成的多种图案放在民居建筑的外墙上，富有地方乡土气息。另外红瓦顶、红瓦筒、红砖屋脊、宅内铺的红地砖等，都象征着喜庆吉祥红火。

木雕是闽台民居最主要的装饰技法之一。木雕常用于装饰门楣、外檐、梁架、托架、椽头、垂花、雀替、门窗、隔扇等地方。不同的装修部位、不同的装饰题材，民居的木雕艺术可采用不同的工艺手法，如在栏杆、飞罩等处施用镂空的技法，在格扇、支摘窗等处多采用斗心、拉花的做法，屏风、门当、梁头等处多用浮雕、暗雕的技法。其题材有人物、龙凤、花鸟、图案、历史故事等。

泥塑在闽台传统建筑上的运用较广，一般屋脊的脊垛、脊尖，山墙的脊坠，檐下的水车垛以及墙上大幅的装饰都可见到泥塑。其做法是先用灰泥作底，再用五彩碎瓷按事先确定的图案镶贴，表现出浓郁的地方特色。泥塑的题材广泛，多数是民间喜闻乐见、广为流传的内容和图案，如和合如意，年年有余，千子百福、富贵长寿等吉祥祈福图案以及形态逼真的麟狮龙凤、花卉果蔬、鸟兽虫鱼等。泥塑通常还要上彩漆，刚上彩漆时显得有些俗艳，但日久色彩稍退，古朴之感自然形成。

闽台地区民居建筑的“剪粘”装饰在全国独树一帜。剪粘又称剪花或嵌瓷，是一种现场施工的陶片镶嵌技巧，匠师用一种类似老虎钳的剪刀，将彩色陶瓷片剪成他所需要的形状，然后嵌入未干的灰泥之上，从而拼成人形、动物、花草等图案的浮雕，极其华丽复杂。剪粘作品也可上色，在

陶瓷片表面上油漆，可增加色彩的多样化；也可描金线，使人物的帽冠、盔甲、武器及楼台亭阁更为华丽。这种装饰虽然近看起来过于繁琐，但由于剪粘一般集中屋脊上部，远看总体效果并不杂乱。这种特殊的装饰形式得到了闽台人民的喜爱。

交趾陶装饰（福建） 摄影/梁希毅

闽台富豪邸宅或寺庙还常以交趾陶作为装饰物。交趾陶又称交趾烧，是一种用低温铅釉烧制的软陶，色彩丰富，可塑性大，常烧制成山水、花鸟、昆虫、鳞兽、人物等，用来装饰较高的墙垛、水车堵、墀头、山墙鹅头、鸟踏、规带以及屋脊上。在闽台民居和寺庙建筑装饰中，往往是泥塑、剪粘、交趾陶三者并用。例如规带牌头上，山景为泥塑，人物为交趾陶，树木楼阁用剪粘完成。三技巧交互运用，艺术装饰效果更佳。

福建的交趾陶作品，以泉州派最为有名，其代表作有泉州开元寺的麒麟壁、金门山后王宅花开富贵交趾陶饰。台湾的交趾陶以嘉义交趾陶名家

燕尾瓷雕（福建） 摄影/梁希毅

叶王的作品最为著名。叶氏祖籍福建漳州平和，嘉庆年间，随父迁居台湾。叶王作品种类繁多，有建筑装饰者、案上供赏者、几头可玩者、日常用具等。其色彩浓淡相匀，光泽陆离夺目，恍如琥珀翡翠；造型形神毕肖，特别是人物作品，个个传神至极。叶王作品曾在万国博览会上展出，轰动世界，被誉为“东洋瑰宝”。

闽南和台湾沿海地区商品经济发达，并有众多的海外华侨华人。起家发达的富豪，衣锦还乡、荣宗耀祖，慷慨解囊，捐款修建宗祠、寺庙、祖坟，或为乡里架桥铺路及兴办学校、医院、图书馆、影剧院等，并花巨资建豪华住宅。这些住宅红砖青石、精雕细刻、飞檐画栋、富丽堂皇。闽台大厝喜用红色的砖瓦，墙壁彩画常用彩度高的纯色、明色，用色大胆、对比强烈，红蓝并列，红绿相映，给人留下鲜明的印象。“有些豪华住宅，在其壁体外部之顶上，即其靠近屋顶之部分，分区加以泥塑人马鸟兽山石林泉之装饰，宛如挂有多幅山水画，或故事人物画。……这些瓷质装饰，亦系昔日来自闽南泉州者。”（林衡道：《台北市的古先住宅》，《台北文献》第1辑第396页）这些大厝的木雕形式多样复杂，工艺精巧细腻，木刻的门窗漏花、隔扇、屏风、梁枋雀替等构件上的浮雕和镂空透雕等，也以人物故事、花鸟走兽为题材，达到了很高的技艺水平。此外，这些大厝还大量采取石雕艺术作为装饰，大门口石狮、石雕花纹柱础，石壁浮雕人

供桌（台湾）

物故事，飞禽走兽、树木花草等，都是常见的。另一方面，不管是彩绘、瓷塑装饰，还是木雕、石雕装饰，都是追求外表装饰给别人看的效果，而并不着力于内部使用功能的改善和设备设施的更新，有的过于繁缛花哨刺眼，带有明显的炫耀性，显出艺术格调和审美情趣的局限性，不免有一定的庸俗之感。

闽台旧式民居的居住习俗，还有一个共同的特点，即在住房的布局和内部安排上，体现了尊卑长幼的礼俗。如闽台院落式住屋正身多为五间，中间三间屋顶略高，两端各有稍间一间。护龙进深则与稍间面阔相等，但其高度较低，故自正身到护龙，逐层减低，中央正房（即厅堂）显著支配全局。在住房的内部安排上，均以厅、堂为中心。房屋中每一具体房间的分配使用，基本上都是以相对于大厅的位置来确定。先左后右，地位愈尊，辈份愈高，离大厅愈近。这也是中国古代宗法制度和封建伦理道德在闽台民居习俗中的一个具体表现。

闽台民间建房，普遍相信风水说。建房选址时，都要先请“风水先生”（或称“阴阳先生”、“地理先生”）开罗盘，测风水 ，定阴阳 ，算五行，以求得一块吉祥宝地，使家业兴旺，人畜平安，子孙繁荣富贵。一般说来，房址选在背靠山地、丘陵等地势高爽的地方，以依山傍水为佳。这是因为屋后有山可挡寒风，屋前有河或面海可得水利，同时视野宽阔，可纳炎夏的凉风。民间对住宅面水还有细致的区分，一般分为两大类六种：第一为朝水，如洋朝水、九曲水之类；第二为环水，即环绕住宅的四面，如腰带水、雕弓水等；第三为横水，即横拦于住宅前，如一字水之类；以上这三种都为吉水。第四为斜流水，第五为反飞水，第六为直去水，这三种为凶水，宜避免。民间普遍认为理想的住屋是坐北朝南。根据五行的说法，北属壬癸水，南属丙丁火，坐水向火吉利，但若坐火向水则凶。这也许是中国东南大部分地区盛行季风气候，冬季冷风自北往南吹，夏季凉风从南向北吹，为了避受寒冬的冷风，迎接炎夏的凉风，房子自然以坐北朝南为佳。选址重风水，固然迷信色彩浓厚，但在闽台地区，由于山岭起伏，河流纵横，地形十分复杂，故除去其中的迷信成份之外，实际上就是利用罗盘来进行定方位、看地形、择山水、测风向、观水势等一系列的考察，具有科学的一面。

天井（福建）　摄影/周跃东

家庙（台湾）

住屋除讲究风水外，还有许多禁忌。如忌住屋门口冲路、冲巷，人们认为路巷为交通路线，白天人们进出，夜间鬼魂亦由此经过。若门对路对巷，夜间鬼魔可由此而入，对宅内的人不利。如实在不可避免，可在门上挂八卦、倒镜或立“石敢当”，这样就可驱除恶魔邪怪了。人们还忌门口对檐尾，认为檐尾如刀，插入住宅，则为不吉。

住屋除大门外，灶井最为紧要，灶为一家饮食之源，井为饮水之源，直接影响到饮食生活，所以民间也很讲究，禁忌颇多。如忌灶门对路，否则多疾病。忌灶门对房门，否则灾病吐血，或者会将财气卷走。忌灶门向北、向东。因为北方属水，灶口向北，成水泼火；东方属木，灶口向东，火烧木，皆不吉。灶门以向西、向南为吉。福州俗称“朝南有得唊（食），朝西有得啃，朝北朝东都是空。”闽南人“东”与“空”谐音，称“向东，米缸空空。”民间忌灶建在曾作猪栏、厕坑之处，不然会触怒灶神。民间相信吉方凿井而饮，生聪明俊秀之子；凶方凿井而饮，生愚拙蠢顽之子。住屋天井忌成一字形，否则人丁不旺。天井必须方而浅最吉。闽台民居庭院作为人们户外活动或晒衣服、谷物等场所，也有一些禁忌。如忌在庭院里种植榕树，民间相信榕树成长至树干有人的颈大时，家人会病死。忌在庭院里种植葡萄树，因为葡萄多子，民间惧妇女怀孕多胎，即所谓葡萄胎，不祥。忌在庭院种香蕉，民间相信恶鬼会集会到香蕉树下，家人会生病。

人们对于室内家俱的摆设，也有一些忌讳。其中最讲究的当是安床，可能是人的一生有三分之一时间是在床上度过的，故忌讳较多。民间忌安床与屋梁交叉，据说如果床与梁交叉成了“担梁”（或称“挑梁”），那么这一人家就会贫穷。因此，床一般应放在脊梁后，与尾椽保持平行。各地铺床的木板均忌双数，尤忌“四”和“六”两数，因“四”与“死”谐音，而“六”则是棺材的板数，故床板一般用五块或七块。惠安人还忌床对橱柜，因橱柜有口，与棺材类似。一些地方还讲究床不与镜子相对，据说是为避免夫妻不和及惊吓小孩。

闽台民间尤信巫术，故在建房中最忌讳被人在墙、梁中埋藏招邪引祟之物，如桐木、稻草、纸人等所谓“祟物”。在盖新房时，主人都对工匠特别好，因为怕工匠有独特的咒符。善符可使这家子孙繁荣，家运昌隆。

若招待不周，则画凶符，使这家人陷入厄运，甚至绝亡。如雕刻一只小船藏在楹柱间，船头向内则兴，若向外，则倒楣。如在房屋的板隙绘小棺，这家主人必死。若在竹叶、青竹叶写大吉、太平、平安并藏在梁中时，这家会平安且吉祥。若绘一个碗、一支筷子藏在梁或门上，这家子孙会变为乞丐。若在楹柱间绘桂叶，这家人则会富贵。

闽台房屋的厌胜物也集中表现了巫术在民居中的作用。早在北齐颜之推《颜氏家训》卷上《风操篇》中就有“画瓦书符，作诸厌胜”的记载。闽南一些屋顶，放置有骑猛兽的武士，用以“镇邪驱鬼”。台湾民居屋脊之上，或立木偶，作骑马弯刀状，是为蚩尤，谓可厌胜。旧式房屋多为木构建筑，最怕火灾，因此民间在屋脊两端安置鸱或鸱吻（又称兽头）。据说此物是海中之鱼，有龙一样的尾，猫头鹰一样的头，能激浪降雨。人们置它于屋顶，是为了永镇火灾。闽南民间还常在屋脊中部置“五宝瓶”之类的吉祥物，瓶内置五谷、毛笔、钱币、铜镜等。五谷为祈风调雨顺，五谷丰登；毛笔祝人文荟萃，文化昌明；钱币祈财源广进；铜镜则用以驱邪镇妖。（参见《福建省志·民俗志》第二章《生活习俗》）

第六章

闽台宗族乡情

客家祖地（福建） 摄影/梁希毅

宗族祭祀仪式（台湾）

第六章
闽台宗族乡情

在中华民族数千年的变迁和融合过程中，我们的祖先曾屡经丧乱而四处播迁，但是由姓氏所一脉相传的血统渊源却在丧乱和播迁中得以世代流传。正是这种血统渊源关系，使中国人具有厚重的宗族、家族观念，讲究慎终追远而怀具强烈的同根意识。尽管在历史的变迁过程中，姓氏混淆的现象屡见不鲜，如赐姓、改姓、冒姓等，但就总体而言，从古至今，不论是因经济、政治活动的需要而南北迁徙，还是因躲避战乱天灾而东西跋

祭拜先祖陈元光（福建）　摄影/林瑞红

涉，中国人每到一处及至于远涉重洋，都未敢须臾忘怀自己出身何族、来自何处，久而久之遂凝铸成一种数典不敢忘祖的伦理精神。

历史上中原人民大量持续不断地迁居福建。他们移居一个新的地方，面对恶劣的自然环境和土著人的对立，为图生存和发展，就必须和衷共济、团结互助。如陆游《渭南文集》卷33《傅正议墓志铭》云："唐广明之乱，光人相保聚，南徙闽中，今多为士家。"他们以同姓同宗或共同出生地、共同方言为联系纽带，使"散者聚，疏者亲"，凝聚成群体，依靠集体的力量，获得生存，从而促进移民聚落点和村庄的形成。因此，福建聚族而居的习俗古已有之。从福建大多数现存族谱以及聚族而居的遗风可以看出，移民绝大多数集中在一起，形成一股很强的势力，保持并传播着他们带来的文明。民国《建瓯县志》卷19《风俗》载："晋永嘉末，中原丧乱，士大夫多携家避难入闽。"《太平寰宇记》记泉州："东晋南渡，衣冠士族多萃其地以求安堵。"福建有些家族祠堂的建造，可以追溯到唐和五代时期。如莆阳刺桐金紫方氏的祠堂，便建自唐末。"僖宗中和四年（884年）廷范公历宰闽三邑，遂居于莆，葬父祖于乌齐丰田，……营精舍以奉先，合族六子水部仁逊、秘书监仁岳、著作仁瑞、大理司直仁逊、礼部郎中仁载、正字仁远咸协力以成父志，贸得隙地，复买八埏及某司业圃以益之，于是荐福始有祠。"（《莆阳金紫方氏族谱》，莆阳刺桐金紫方氏历代祠堂碑记）林氏家族，"唐武德贞观间，吾林自中州入闽始居

宁化石壁客家祖地牌位（福建） 摄影/焦红辉

之（凤林），已复徙澄清，……历唐宋迄今千年，祠宇屡经修建。”（《林氏宗谱》祠堂）

宋代，闽学兴起，成为理学的集大成者，对福建家族的形成和发展，起了很大的推动和导向作用。如朱熹就提出了一个宗子祭祖的方案：每个家族内均须建立一个奉祀高、曾、祖、祢四世神主的祠堂四龛，而且，初立祠堂时，计现田每龛取二十分之一以为祭田，亲尽则以为墓田，由宗子主之，以给祭用。（《朱子家礼》卷1，《通礼全注》）朱熹的这种主张对后世影响是很大的，从此，祠堂、义田等便大量涌现出来了。再如真德秀则极力主张立族长，以族长统率全族，主持“钦奉其先人之祀”的祭典。（真德秀：《西山先生真文忠公文集》卷24《睦亭记》）

明中叶福建社会的动荡纷乱是促使民间家族组织发展的一个原因。先民移居福建时那种家族互助的传统，在明中叶以后得到了新的认识。人们迫切地认识到，只有增强家族的团结、发展家族的势力，才能与机械相争、弱肉强食的外部世界作有效的抗争。

明中叶以后福建地区商品经济的发展，为家族组织的发展提供了必不可少的经济条件。特别是大量宗祠的建造，坟墓的建筑，义庄族田的设置，隆盛祭祀活动的举行等等，都需要相当数量的资金，而获利倍蓰的工商活动，正好满足了扩展家族组织的这种经济需求。

明清时期，福建聚族而居的习尚相当普遍。如兴化府属，“诸世族有

连氏宗祠（福建）　摄影/林瑞红

大宗祠、小宗祠，岁时宴飨，无贵贱皆行齿列。凡城中地，祠居五之一，营室先营宗庙，盖其俗然也”。（道光《重纂福建通志》卷55《风俗》，引《莆田县志》）林氏是福建省人数最多的大姓之一，后裔遍布八闽各地，清代前期其族人为宦者在省城福州创建林大宗祠。

漳州龙海王氏宗祠（福建）　摄影/林瑞红

“九牧（林氏）世居莆田，或移处仙游、漳浦、福州、侯官、长乐、连江、泉州、漳州、永春、龙岩诸州各县，暨福唐及上府连潮州、嘉应州，皆其苗裔，故唐宋以来林氏号为昌宗。……我族姓佥议于会城内创造大宗祠，庙前奉祀禄公始祖及夫人孔氏，……此亦敬所尊，爱所亲，敦伦睦族之意也。”（《林氏宗谱》卷1《重建晋安郡王祠堂记》）

闽西客家土楼是聚族而居的典型表现。每一座大型土楼居住着一个家族，一般可住500-600人，是名符其实的“家族之城”。但大楼内部又是单元式的，如永定下洋镇初溪村的集庆楼，按地脚间每户从第一层到第四层各安装楼梯，各层的通道用木板隔开，各户自成一体，成为一个个独立的小单元，适合于夫妻与子女同住的小家庭生活。而大楼的中心位置则建厅堂，是家族祭祖敬神、宗族议事、婚丧喜庆、宴请宾客或其他大型活动的场所，是全家族的公共空间。为了维护宗族的尊严和权威，厅堂不仅位置中心，而且高大、堂皇。总之，闽台客家土楼充分体现了大家族小家庭聚族而居的宗族制特点。阖族聚居的土楼成为人们饮食起居、恳亲会友的场所，使家族观念每时每刻都在潜移默化中灌输到族人的意识中。

乡党制度和风俗，有意无意地起到了限制人口随意流动的作用，对于培养人们“安土重迁”的意识，以及社会的稳定，自然是有作用的。“金窝、银窝，比不上咱家乡的草窝。”宁可在家挨饿受穷，也不到外埠去游历闯荡，是中国人的一个很大的惰性力。而且，越是商品经济不发达的贫

郑氏宗祠（台湾）

困地区，这种安于现状的意识愈是强烈。但是，另一方面，不少人也因为生活所迫，不得不背井离乡，出门行商或靠手艺吃饭。他们往往与乡人结伙而行，到一个陌生的地方，以互助壮胆。有成功者，进而呼亲唤友，成批成批地带出去。同一地缘外出的人多了，认同乡、讲乡情的事就是势所必然的。其目的就是鉴于既为同乡又为同业而共同谋生在外，举目无亲，因此各募基金，共襄此举，以求声气联络，互相照应。凡有失业、疾病、死亡，或欲返回故乡而无旅费等困难，都可得到同乡们的帮助。

振福楼（福建）　摄影/焦红辉

自明清开始，福建大量向台湾移民，近几十年来的几次统计数字表明，台湾居民中80%以上是福建人。这些移民往往按照地缘关系聚居在一起，这和大陆上聚族而居的情况显然不同。由于清政府的禁令和渡海的困难，移民们不得不采取非法手段进行偷渡，很少人能够携带家眷。“男多于女，有村庄数百人而无一眷口者。”（周仲:《诸罗县志》卷8《风俗志》）“乡间之人，至四、五十岁而未有室者，比比而是。”（同上）这些单身汉多是通过同乡、同族的关系前往台湾谋生，“台人谓漳、泉曰‘唐山’，称初至者曰‘唐山客’。‘唐山客’之来，或因乡党、或由亲朋，互相援引，咸有投宿之处。”（连横《雅言》，台湾文献丛刊本第110页）“先至者各主其本郡，后至之人不必赍粮也”。（王瑛曾:《重修凤山县志》卷3《风土志·风俗》）所以“宗族之亲少，洽比之侣多”，（高拱乾《台湾府志》卷7《风土志》）“流寓者无期功强近之亲，同乡井如骨肉矣”。（周仲:《诸罗县志》卷8《风俗志》）同乡的人聚居在一起，互相依赖，协力开发。“疾病相扶，死丧相助，棺敛埋葬，邻里皆躬亲之。贫无归，则集众捐囊襄事，虽悭者亦畏讥议。”（同上）同时，这些社会群体的成员还要互相保护，防御外来的侵扰。同籍人“朋比齐力而自护”。（同上）

在台湾初期拓垦开发中，同一祖籍地的移民以信奉祖籍神明为纽带，形成一股内聚力，结成较固定的群体，以应付早期开辟草莱的诸多困难。这些群体常变成以后的村庄、聚落等，对台湾早期社会的形成产生重大的影响。如淡水“龙山寺肇自乾隆间。初辟榛莱，地可十亩。好义者即而垣墉之、朴之，而塑观音大士于座中，所以藉岁时之祭，联桑梓之恭也。当时鸠建钜工仅晋、南、惠中人者，以泉之贩于淡，唯三邑人往来较数。”（陈培桂:《淡水厅志》卷15《附录一·文征（上）》）道光二十五年《台郡银同祖庙碑》云：“郡城故有‘同营会馆’，岁久而圮，仅存隙地。辛丑，戍弁陈青山倡议劝捐重建，……中堂塑天妃暨吴真人、陈圣王神像。凡同人之来郡者，寓焉；及试期，世子寓者尤

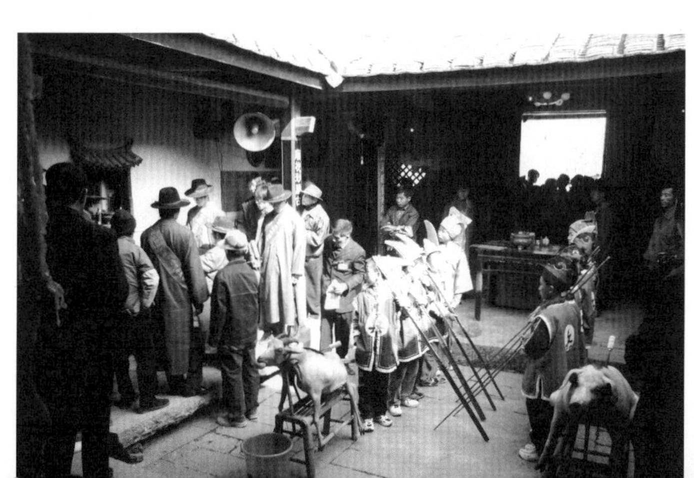

请祖礼仪（福建）
摄影/林瑞红

节孝牌　　神主牌（台湾）

夥。颜其额曰：‘银同祖庙’，实则‘银同会馆’也。”（《台湾南部碑文集成》甲记《台郡银同祖庙碑》）

乾隆二十五年（1760年），清政府解除了不许沿海人民越海私渡台湾的禁令，福建不少人举家迁台。如从《东石玉井蔡氏二房长、守庆公派系谱牒》发现，这个人丁不上百的支系谱牒中，乾、嘉年代去台就有68人，其中十二世蔡世合有8个儿子，都于嘉庆中去台。又有十五世的蔡懋运5个儿子于嘉庆末一起往台。又如“施世榜有九个儿子在安海，建九房施大厝。乾嘉间，除七房、四房外，全部迁居台湾。”（《晋江文史资料选辑》第8辑《安海港与移民迁台》）这种举家举族迁台的情况，在闽台族谱中时有发现。

福建迁台移民，都有浓厚宗族观念和深切的怀乡念祖的感情。这种感情决不会因为海山的远阻，以及时间的推移而消失。这种感情表现在客地台湾，随着人口的繁衍，许多姓氏渐成大族，他们没有忘记自己与祖宗的血缘、地缘关系，仍然按照在福建的传统习惯，族亲聚居，乡亲为邻。这就是“兄弟同居，或至数世；邻里诟谇，片言解纷。”（刘良璧：《重修福建台湾府志》卷6《风俗》）他们在聚居地依仿祖宗的习俗，修族谱，建造祠堂，沿用祖籍的郡望、堂号，标榜自己的渊源流派，以示饮水思源，不忘宗亲故土。

闽台不少家族把郡望、堂号作为祠堂、家庙的牌匾，而且往往镌刻于民居的门匾或门楼上。如刻有“颍水世泽”（陈姓）、“江夏衍派”（黄姓）、“鲁国传芳”等字样，以表明郡望，使人一望而知其姓氏渊源。还有刻于家祠门柱上的楹联，更清楚地昭示了各姓氏的家世。如同安县五显乡后塘村，“桃源”颜氏祠堂的楹联，叙述了该姓入闽流播的时代和路线：“自唐历宋历元历明历清，簪缨世代；入闽而德（化）而永（春）而金（门）而同（安），瓜瓞云兴。”至今，闽台许多地方仍有这种习俗。这是一种最普遍最直观的文化景观，体现了闽台各家族孜孜而求于家族的血缘渊源，强烈的宗亲故土观念，追本溯源，对中华炎黄文化的追寻。

祠堂是一个家族组织的中心，它既是供设祖先的神主牌位、举行祭祖活动的场所，又是家族宣传、执行族规家法、设事宴饮的地点。闽台民间盛行修建宗族祠堂。福建民间建造家族宗祠，可追溯到唐五代时期。莆田刺桐金紫方氏祠堂，便是建于唐末。明清，福建建祠之风盛行，一般家族不仅有一族合祀的族祠、宗祠（或称总祠），族内各房、各支房，往往还有各自的支祠、房祠，以奉祀各直系祖先。诏安县“居则容膝可安，而必有祖祠、有宗祠、有支祠。”（陈盛韶：《问俗录》卷4《诏安县·蒸尝田》）惠安山腰庄氏家族，族众数万人，大小祠堂超过100座，其准确座数连族人也说不清。福州郊区尚干的林氏家族，族众近万人，大小祠堂不下50座。林氏在台湾为仅次于陈氏的大家族，现分布于台湾各主要聚居地的主要祠堂多达36座。（《台湾省林氏宗亲会》，载《谱系与宗亲组织》第二册）

思成堂（福建）　摄影/林瑞红

祠堂是家族祭祀之地，平日

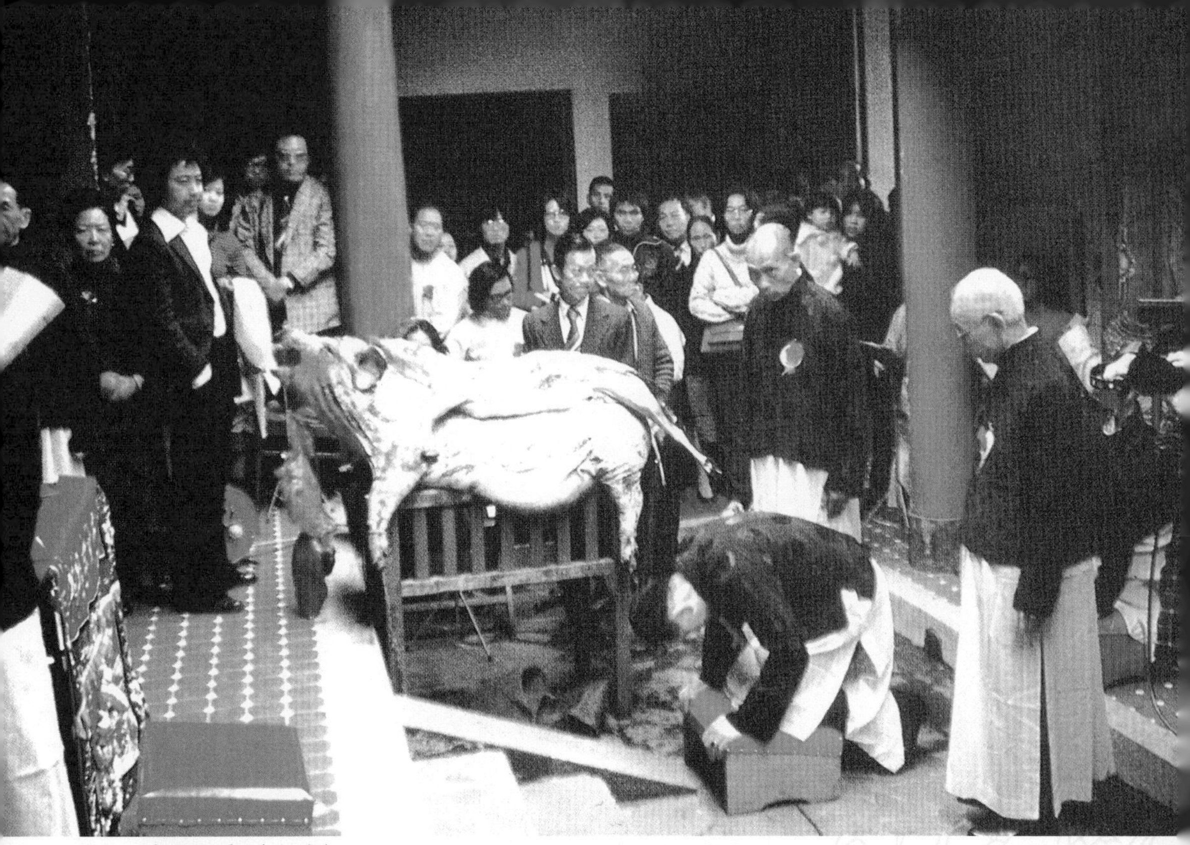

参拜祖先（台湾）

威严有加，但在祭祀之日，却热闹非凡。全体族人齐聚祠堂，追思先祖，表达后辈的缅怀崇数之情。在祠堂里，族人在互相体认一脉相承、血缘相通中，加深了对宗族的感情。宗祠作为一宗之根，对外移他处的新家族来说，具有很强的象征意义。外移的族人大多与祖居的家族保持密切的联系，主要就是通过建宗祠、齐聚祠堂祭祖以及修族谱等，通过这些活动，产生认祖归宗的认同感和归属感，使整个宗族群体更具有凝聚力。宗族不但没有因族人外迁而被削弱，反而族威远播，族业更大了。故一到祠祭的日子，不少远迁他地，甚至移居海外的子孙都会回到祖居地参加祭祀活动。如上杭县稔田乡丰朗村虽已无李氏家族人居住，但每年春祭之时，各方李氏宗亲不约而同地聚集在丰朗村李氏大宗祠（又名叙堂），进行谒祖致祭，拜会宗亲。有时仅台湾的李氏后裔，一年就有30多人回乡到叙堂焚香祭祖。

闽台宗族之风盛行的一个重要表现是绝大多数氏族都重视历世不断修谱、续谱，“一世不修谱为不孝”。（光绪《闽浦房氏族谱》）福建的族谱兴于宋代，盛于明清之后。台海为闽、粤迁民，离乡背井，视族谱尤重。闽台族谱、家谱等编撰体例、内容种类很多，繁简不一，但有一突出的特点就是努力追寻本宗族的水源木本。这与标榜郡望、堂号一样，是更具体、更细致地对中华炎黄文化的追寻。在这种追寻中，尽管血缘、流派千枝万叶，鱼龙混杂，真伪参半，但都认同于炎帝、黄帝，归根结蒂都是炎黄子孙。如台湾陈、林、黄、张、李、王、吴、刘、蔡、杨十大姓在其族谱中对其族源的追溯，完全是抄袭自福建的同姓族谱，而其中有的台湾族谱，则直接从福建等地带过去的。因此闽台族谱出自一辙，共同信奉陈氏，出自虞、舜之后。六十八世孙陈政父子，奉敕出镇泉、漳，嗣领五十八姓入闽，而家漳浦、云霄，其后子孙散居福建各地，明末清时陆续播迁入台。（参见《台湾省通志》卷2《氏族篇》第5章《各姓之姓源、播迁、入台》）林氏，殷少师比干之裔。其子孙林禄于明帝太宁三年（325年）入闽为晋安太守，是为闽、粤林氏始祖，（《晋安世谱校正序》）其子孙散居闽台各地，蔚为大族。张氏，少昊之后。其子孙于晋末永嘉年间入闽开居，故闽台张氏大多称为“清河张氏”。李氏，颛顼帝高阳氏之裔。唐

万华高姓宗亲会祭祖大典（台湾）

读祭文（福建） 摄影/储永

末天下大乱，子孙有迁徙入闽者。后李纲孙“李珠迁福建宁化，生子五，繁衍于闽台各地”。（台湾《李氏大族谱·源流》）王氏，帝舜及姬姓之后。唐末，王审知兄弟入闽，封闽王，王氏家族从此在闽台各地发扬光大。吴氏，姬姓泰伯之裔。其后裔吴宥徙居福建宁化，为闽、粤客家吴氏始祖。子孙传衍于闽、粤、台各地。（《兴宁吴氏族谱》）刘氏，帝尧陶唐氏之裔。唐末，翰林学士刘天锡弃官奉父祥公避居福建宁化，被刘姓奉为入闽始祖。（《台湾省通志》卷2《氏族篇》第5章《各姓之姓源、播迁、入台》）蔡氏，姬姓之后。唐初蔡姓子孙从陈元光入闽，居漳浦。其后蕃衍，遍布闽台各地。（台北新庄《鸿儒蔡氏族谱》）杨氏，姬姓之后。唐末，杨荣禄带子逸、肃及孙明珠，随王审知入闽。杨逸居安溪，杨肃同明珠择居南安高美。（《台湾省通志》卷2《氏族篇》第5章《各姓之姓源、播迁、入台》）其后子孙蕃衍于闽台各地，蔚为大族。

基于闽台诸多家族都认同于炎黄子孙，那么同姓同宗固然血浓于水，异姓异宗追根溯源也是血肉相连。因此，闽台不少家族在不同的范围内，重新进行整合，即数姓甚至数十姓开展异姓联宗活动。如著名的柯蔡二姓联宗习俗，就是依据族谱所载柯氏为周太王古公父次子仲雍之后，蔡氏为周太王幼子季历之后，均出自姬周，故相互认同联宗。目前，台湾成立

“济阳柯蔡宗亲总会”，其分会分布于香港、新加坡、日本、菲律宾、泰国、缅甸、美国等地。再如闽台的烈山五姓许、纪、吕、高、卢联宗，则依据于五姓同为周朝姜太公吕望之后。更有甚者，目前台湾所组织的宗亲会、恳亲会等，在更遥远的祖先血缘中，把更多的姓氏联络起来。如“至德宗亲会”就是联络都认同于姬周氏这一共同祖先的30余个姓氏，“至孝笃亲舜裔总会”则把对帝舜后裔认同的陈、姚、虞、田、胡、袁、陆、车、夏、王诸姓联络起来。

为了使家族内部的血缘关系上下有秩，辨明辈分次第，历历可查，闽台的许多家族都实行名字排行制度，即在同一辈分的族人中，名或字必须用某一个统一规定的单字起头，再与其他单字结合成名或字，以示区别。排辈分除少数由祖、父辈临时决定外，大多数是按先祖早已选定的排行用字。南靖县双峰村《丘氏族谱》载：从其二十一世始，标定的昭穆用字是：“文章华国，诗礼传家。创垂显奕，继述藏嘉。光前荣耀，世德作裘。仁亲义祖，燕翼贻谋。桂芳兰茂，日新月盛。思皇多佑，福禄来成。庆余善积，谱泽绵延。宗风丕振，亿万斯年。”（《南靖文史资料》第2期《双峰丘氏的历史渊源》）这不仅使家族内部的血缘关系和上下伦序关系分明可辨，而且还有助于联络不同区域内的同宗远支族人的血缘感情。

祖先牌位（福建） 摄影/储永

乾隆御赐客家人“褒忠”匾（台湾） 摄影/焦红辉

同一姓氏的不同分支家族，经常利用族谱中的血缘世系排行记载，进行“联谱”活动。台湾金门县，历史上隶属于泉州同安县，蔡氏家族的子孙分居同安县新店乡和金门的枫林村，两地蔡氏沿用同一排行用字，即“景太靖延用启乔，汝士复根炷基铨，淑梁熙培铸洪财，珍海棠荣远仓喜。”（参见《同安县文史资料》第6辑《同安、金门的蔡氏家谱》）故1949年后虽隔数十年不通音讯，近年重聚一对辈行用字，便可分明尊卑亲疏，寻根问祖。

祠堂和族谱把族人紧紧地联结在一起，大大加强了人们的宗族、家乡观念。绝大多数外出谋生发财致富者，为官为宦者，都以衣锦还乡、荣宗耀祖为人生幸事，并慷慨解囊，捐建宗祠寺庙，修筑祖坟，购置族田，为乡里铺路架桥，兴办学校医院，以及组织大型的家族祭祀迎神赛会活动等。

闽台家族都十分强调家族内部相互救济、扶助的重要性，“凡我同族，皆属祖宗一脉所分，贵乎有无相恤，患难相顾，有恩礼以相待，无刻薄以相加。”（莲湖《祖氏族谱》卷1《家训》）侯官《林氏家乘》规定：“宗族子孙，贫穷必相给，生计必相谋，祸难必相恤，疾病必相扶，婚姻必相助，此家世延长之道也。”（侯官《云程林氏家乘》卷11《家范》）“台则同居常至阅世；……有无相通，倾囊亦所不惜。”（王瑛曾：《重修凤山县志》卷3《风土志·风俗》）“兄弟同居，或至数世；……通有无，济缓急。”（刘良璧：《重修福建台湾府志》卷6《风俗》）为了赈济贫穷的族人，许多家族还特意设立了“义田”、义仓、社仓、常平田等。如泉州梅溪陈氏家族，在明代嘉靖万历年间始设义田，“义田何以兴乎？为赡族人而设也。……宗之乏者有嫁娶丧葬则咸于是取给焉”。（《梅州陈氏族谱·义田序》）许多家族还认为富豪之家赈济同族穷人是应尽的义务，否则，将遭到道德上的指责。如安溪《谢氏宗谱·族训》云：“一示子孙有殷实房衣食饶足者，但遇丰稔之年，宗子率族人登门，随处多寡公论劝借以赈鳏寡孤独无倚者。若悭吝不从，以不孝论。”近现代闽台侨乡发家致富的华侨衣锦还乡，往往也要慷慨解囊，赈济本乡族的贫穷之家。

闽台家族为了和睦族人，沟通血亲感情，增强家族的群体意识，还实行“会食”、“合食”等。福建早在宋代就有这种习俗，宋淳熙《三山

请祖（福建）　摄影/林瑞红

殷氏宗祠（台湾）

志》云：“州人寒食春祀，必拜墓下，富家大姓有赡茔土田，祭毕燕集，序列款洽，尊祖睦族之道也。”（黄仲昭：《八闽通志》卷三《风俗》）后代，这种习俗延绵不断、发扬光大，并随移民传到台湾。如福建莆田“诸世族有大宗祠、小宗祠，岁时宴飨，无贵贱皆行齿列。”（道光《重纂福建通志》卷五五《风俗》）台湾不少宗祠“祭于春仲、秋仲之望，又有祭于冬至者。祭则张灯结彩作乐，聚饮祠中，尽日而罢。”（余文仪：《续修台湾府志》卷十三《风俗》）“会食”与“合食”的习俗，是古代宗法制度传下来的礼仪。《周礼》记“大宗伯以饮食之礼亲家族兄弟”。一族人在一起用餐，称为“会食”或“合食”，这种风气一直得到流传。一个大家族的成员，规定每年有几次会食的情形，在闽台确实是相当普遍的。

闽台家族往往拥有数量不等的族产，以作为各项宗族活动的经济来源。闽台民间族产包括土地、山场、房屋、桥渡、沿海滩涂以及水利工程、水碓碾房等生产生活设施。其中最主要的当首推土地田产，即通常所称的“族田”（有祭田、蒸尝田、祠田、义田、书灯田、香油田以及公役田、轮班田、桥田、渡田、会田、社田等。）凡是家族事务的经费开支，一般都可以动用族产。举其要者，建祠修墓、纂谱联宗、办学考试、迎神赛会、门户应役、赈济贫穷、兴办公益事业（如修水利、铺路、架桥、设渡、设茶亭、设路灯），以及与外族的民事纠纷、诉讼甚至械斗等等，都需要族产作为经济后盾。总之，宗族不仅以共同祖宗的血缘关系作为精神纽带，而且还用族产的经济利益在现实生活中吸引族人，把内含的血缘宗亲关系建立在物质实惠的可视关系上，达到收族的目的。如义田、义仓的设立，使贫困的族人体会到宗族的温暖和关照，尤其在灾荒年岁，宗族的救济是贫困族人得以活命的重要途径。

宗族在强调血缘关系的同时，还以其家族的道德价值标准来褒贬家族成员的行为。闽台各家族制定的各种族规、家范，大体以敬祖宗、重宗长、禁犯上、睦宗党、重师友、重继嗣、安灵墓、凛闺教、重藏谱、恤患

祠堂（福建）　摄影/周跃东

三跪九叩（福建）　摄影/林瑞红

难、急相助、禁欺凌、禁乱伦、禁争讼等为主要内容。如台湾《登弟方氏族谱》定有戒条十则，其中有“戒不许游食游手、赌博及嗜酒撒泼”；“戒不许出伤人之言，为害人之事”；“戒不许富欺贫，贵骄贱，长压小，强凌弱。”连城张氏家族的《族谱例言》云：“有犯奸淫干碍伦常者，……当以黛墨涂其名，注以奸淫灭伦。……族内倘有作奸犯科之类，族房长知之，必通闻合族齐集祠堂，割去其谱。……轻身以假人命图赖人者，通族众攻其罪，公首呈官，仍于谱名下注以图赖人命四字。”（连城《新泉张氏族谱》卷首《族谱例言》）晋江施氏族谱规定：“士农工商，各宜勤俭，……误有不肖子弟弃生业，结匪类，开设赌场，放头网利，致诱子弟破家辱身，殊可痛恨，以后族房长稔知放赌帐目，不许取讨，仍令族众赴大宗祠戒饬，令其改过自新，不改者送官究治，除穢莠也。”（晋江《浔海施氏族谱》天部《浔海施氏族约》）这对于规范族人的日常行为，对某种风尚的形成，起了不可忽视的劝奖惩儆的作用。

闽台家族比较注重于族人的文化教育，因为一个家族在社会上的地位如何，在相当程度上取决于这个家族里士绅学子的人数多寡。“族有缙绅，方可显荣祖宗”。（转引自盛清沂：《台湾家谱编纂之研究》，《台湾文献》第14卷第3期，第4875页）许多家族都专门设置了学田、书灯田等，以供开办学塾、塾师束修，资助族人读书等。如漳州府海澄县的林氏

心灵的寄托（福建）　摄影/林瑞红

家族，“买陈家田十七丘，……价值一千三百八十一两，全年税粟九十八石零，系瑶独置，献为玉绳公书田，派下子孙有进大庠及中科甲者，付其执掌，逐年收税纳粮，以助读书膏火及乡会试之资。后有人再进中，照份均分，而捐纳出仕并进中武途者，不得与焉”。（《漳州海澄林氏祀田碑》，现存漳州图书馆内）《虞都许氏族谱》也规定：“家有读书聪明颖悟而力不赡者，宜相资以求成器。盖自古贤豪由困而享者多有，游泮酌量创立衣巾田，以供学校朋友岁科乡试之资，而鹿鸣胪唱又更公赞，此光前裕后之大者也。”（转引自盛清沂：《台湾家谱编纂之研究》，《台湾文献》第14卷第3期，第4875页）许多家族为鼓励族人读书，获取功名，还通过一

祭拜祖宗（福建）　摄影/焦红辉

系列规定抬高读书人的地位。如年终祠堂分胙肉时，读书人可以得两份，考中秀才者还能加倍。闽台许多地方家族规定，若族人考取“进士”以上，便请名工匠精选石料，精雕细刻成石旗杆或石坊，并在石旗杆或石坊上凿上姓名、生平和功名事迹，竖于家庙或通衢，以示显耀、铭念，激励后人上进。后来，秀才、举人或对家族家乡做出卓著贡献者，也可以造石旗杆或石坊，留芳百世。许多家族还以祖先在学业上的成就引为自豪，如闽台罗从彦后裔的对联是：“承程杨道学，启李朱文章”，就是以其祖先在程朱理学发展中的崇高地位为荣耀。

闽台某些家族甚至对族人具体规定按年龄段所必须学习的内容，类似于当代的学制。“子孙四岁以上，令观祭祀学礼，七岁以上令入小学，讲孝经四书，十五岁以上令入大学，习书史经传，必之孝悌忠信为主，期闻大道。其二十以上不通一经大义，业无所就者，令习理家事，练达世故，治农理财，专务一业，以为仰事俯首之资。”（侯官《云程林氏家乘》卷11《家范》）

闽台的祖先崇拜也是一种信鬼尚祀的表现。祖先崇拜是以与崇拜者有

敬祖（福建）　摄影/焦红辉

祭祖活动前的场面（福建） 摄影/周跃东

陈氏家庙（福建） 摄影/林瑞红

血缘关系的鬼魂为崇拜对象，崇拜者往往对崇拜对象带有较深厚的感情，尤其是对已逝世的与崇拜者一起生活过的父、祖辈更是如此。祖先鬼魂被当作崇拜者的保护神受到奉祀，崇拜者在各种祭祀中都要祈求祖先庇佑后代子孙平安发财，家族兴旺。闽台民间的祭祖活动非常隆重频繁，如光绪《安平县杂记·官民四季祭祀典礼》所载："民间祭祝之礼，如富户有建祠堂者，岁以春、冬致祭。春二月祭，冬十一月冬至日祭。均用帛白、羊、牲醴、酒席、粿品、果子等物。其余民间常祭之礼：正月上元祭，二月清明祭，三月三日节祭；若墓祭之礼，亦于二、三月举行焉。五月端午祭，六月半年祭，七月中元祭，八月中秋祭，九月重阳祭，十一月冬至祭，十二月杪除夕祭。又有正忌辰、免忌辰（祖先卒日谓正忌，祖先寿辰为免忌）祭品牲醴、酒席、龟粿、饭、米员（即汤圆）、角黍、月饼、果子、香烛、纸钱等物，随家道之厚薄焉。此民间祭祝祖先之典礼也"。归纳起来，闽台民间祭祖活动大致可分为家祭、墓祭、祠祭三种类型和生忌祭、年节祭、需时祭三种方式。

家祭，即在自家的厅堂内设龛作为祭祖的场所，堂上一般只供奉高祖、曾祖、祖父、父亲四世的牌位，再各配以妻室牌位。举行家祭的时间，可分为定时祭和非定时祭。定时祭一般是在祖先的生忌日和一些传统

舞龙娱祖（福建）　摄影/储永

的年节（春节、中元、冬祭、除夕等）。闽南人十分注重中元、冬至、除夕的家祭。俚语云："月半不回无祖"，意为七月半不回家祭祖就是数典忘祖；又云："冬至大如年，唔返无祖宗"，意为冬至不回家祭祖的人没有祖宗。非定时祭则在婚娶、生育、建房、中举或需要消灾祛病时举行，以告慰祖先之灵。家祭的仪式大都比较简单，一般在祖先牌位前的案桌上摆上供品，点烛烧香，鞠躬行礼，低声祈祷即可。闽台家祭最具地方特色的是中元焚化纸衣之俗，俗信焚化纸衣可供祖先在阴间穿戴，不致于受寒。如道光《厦门志》卷15《岁时》载："中元各祭其先，焚五色纸。"夹注云："楮画绮衣，云为泉下送寒衣。"高拱乾《台湾府志》卷7《风土志》也载："中元，人家各祀其先，以楮作五色绮绣之状焚之，云为泉下作衣裳。"在三种类型祭祀中，家祭次数最多。

墓祭，即在祖先的坟墓上设祭，包括以家庭为单位和以家族为单位两种方式。

祭祀时，必由家长或族长主持，将供品摆在祖墓上，焚香燃烛，祷告祈求，全体成员依次跪拜，礼毕再烧纸钱，燃放鞭炮。闽台墓祭时还有在墓地宴饮的习俗，如陈文达《台湾县志》卷1《舆地志·岁时》载："清明祀其祖先，祭扫坟墓，必邀亲友同行，妇女亦驾车到山。祭毕，席地而饮，薄暮而还。"墓祭中以家族为主体的对远祖的墓祭，仪式比较隆重。特别是一些大姓望族，为显耀家族兴旺发达，往往

庙前演出（台湾）
摄影/焦红辉

摆放供品（福建）　摄影/周跃东

场面盛大，铺张排场。早在宋代，“（福）州人寒食春祀，必拜坟下，富室大姓有赡茔田产。祭毕，合族多至数百人，少数十人，因是燕集，序列款昵，尊祖睦族之道也。”（《三山志》卷40《土俗类二·岁时》）明清以后，闽台家族墓祭的规模愈来愈大。如永定县古竹乡高东村江氏家族每年祭扫六世祖东峰公墓茔时，散居在永定县境内各乡村和厦门、台湾以及东南亚等地的江氏子孙都来参加墓祭。祭祀时数百上千人扶老携幼，浩浩荡荡，吹喇叭的，擎凉伞的，举旗

舞龙娱祖（福建）　摄影/储永

幡的，抬供品的，颇为壮观。祭祀开始时，坟地前二亩的空地上摆满了各种祭品。祭祀仪式长达两个小时，十分隆重。祭祀结束后，还要在家中大摆酒席，宴请宾客。”（ 参见江南桔：《高东江姓海内外裔众祭祀东峰公记盛》，载《永定文史资料》第7期）墓祭大都在清明节，也有在中元节、重阳节或冬至等。

祠祭，即在家族兴建的祠堂内祭祖，为祭祖活动中规模最大、礼仪最隆重的一种形式。由于墓祭多在山上荒野，山高路远，故参加的人毕竟有限。而祠祭则在本村本乡的祠堂内，参加者往返方便，各项筹备工作也易于进行，因此，参加者往往人数更多，规模更大，场面也比较隆重。祠祭通常由族长主持，每年举行春秋二祭。闽台一些大姓家族，尤为讲究。如民国《南安县志》卷9《风俗志二》载：“泉俗祭礼，凡世家巨族，每于冬至祭始祖。前一日设位、陈器、省牲、具馔。祭时，主祭盛服就位，引赞、通赞、读祝俱序立。主祭奉神主出，就正寝降神、参神、进馔、初献、亚献、终献、侑食受胙，辞神纳主”等等。祭典结束后，全族人员聚

祭祀（福建） 摄影/林瑞红

餐，俗称“食祖”。其费用一般是由祖庙祠堂或宗亲会的公共财产中开支。不足时，再由参加者酌量缴纳。如《续修台湾府志》卷13《风俗》载：台湾不少宗祠“祭于春仲、秋仲之望，又有祭于冬至者。祭则张灯结彩作乐，聚饮祠中，尽日而罢”。有的家族为增强族人的凝聚力，在族谱中规定：祠祭时，“凡非吉凶大事及奉公供事外出未回者，临期不到，每丁罚钱二百文”。（福州《郭氏支谱》卷7《家规》）闽台一些地方受儒家传统尊祖敬宗思想的影响很深，“市井小民家设主龛，务求宏丽。凡厅事位置，必先祖而后神”。（民国《泉州府志》卷20《风俗》）。在祭祀中，虽然“巫觋、浮屠间亦用之，但儒者亦多不惑，祭奠用朱文公《家礼》”。（同上）

祭品（福建）　摄影/周跃东

家族式的墓祭和祠祭不仅是同一地域聚族而居的同宗人参加祭拜，还有跨地域的宗祠大联祭。到祭祀的日子，不少外殖到异地他乡，甚至远渡重洋的族中子孙，都会回到祖居地参加祭祀活动。这种铺张声势的墓祭和祠祭，提高了宗族在当地的社会地位，显示了宗族的人丁兴旺，财力雄厚，达到敬宗收族的目的。通过祭祖活动的组织、引导，使族人更真实地感受到一祖相传、血脉相通的宗族认同感和归属感，对加强族人的亲和力和宗族的凝聚力有不可取代的作用。尤其是对外殖他乡的族人，借祭祖之机，把他们同本地的族人召集在祖先的神主牌位或墓茔前，将已经变得松散、淡漠的血缘关系重新拉紧，使族人散而宗族不散，从而使宗族得以长久流传和不断发扬光大。

闽台宗族文化活动主要在迎神赛会、祭祀和年节时举行，大型文娱活动的形式有演戏、舞狮、游龙灯等。各大宗族一般在祠堂正前方搭戏台，供演戏看戏之用。客家大型土楼内，往往祖堂就是一座大戏台。如永定“振成楼”，在祖堂前立四根圆柱，搭成大戏台，西房由上下两层30个房

歌仔戏演出（台湾）

间圈成圆形，可容纳数百族人在台前天坪上观看演出。闽台盛行家姓戏，即“凡值神佛诞辰，一姓醵金演戏祝寿，谓之家姓戏，大都于神诞之月行之。本庙真人诞在三月，各姓皆于是月，择定一日，庆祝千秋。每岁自三月初五日起至二十八日，以张姓为始，吴姓殿后，次第轮流，演唱官音。迩来，各业团亦多加入。故一月之中，殆无虚日。”（《台北文物》第1册《保安宫杂记》第336页）从此可知，有些重要的神诞日，不是只演一天即可，而是要各大姓各村轮流演上几天或一二十天。

闽台几乎每个大家族在每年祭祖时，往往要用演戏来酬谢祖先的庇护，有些家族甚至把演戏作为祭祖的一项重要内容写入族规，劝戒后代子孙永奉执行。如武平城北李氏家族的“始祖春秋祭规条”载：“一、始祖原遗有人丁钱一万四千六百文，嗣经阖族公议，将此人丁钱归出五千，以为始祖祠内演戏之用。”“议始祖祠内演戏，于仕缙前三日或后三日内决，宣遵期开演，不得延迟，如违公罚钱一千。”（武平《城北李氏族谱》卷末（戊），产业类）还有每年的七月十五日，“各家皆祀祖先。……台沿漳泉遗俗，作‘普度盂兰会’，甚形热闹。……演唱大小各戏，锣鼓喧阗。”（《安平县杂记·节令》）

闽台许多大型的文娱活动都以宗祠为中心，如永定高东请戏班子演戏，动员各坊耍龙灯、舞狮、贴花灯、搭架烟火、竖杆放鞭炮，均在祠堂决定。古竹元宵舞龙的宗族，在龙灯出发前，要在村子附近的高地点火，然后到祠堂，再舞到族人家中。龙灯每天舞毕都要回到祠堂，在祖先面前舞过一阵之后，方可结束，在诏安县王、游两姓家族共祀的龙潭家庙“盛衍堂”，每年元宵节都举办灯会，数百盏花灯装点家庙，宗亲族众相携前来观灯。总之，祠堂成为族人文娱活动的重要场所，在灯火歌舞中，族人们感怀祖恩，彼此问候，体味着宗族的温暖，顿生融入家族氛围的归属感。家族文化娱乐以形象的方式，联络族人感情和维护家族权威，消除相互间的摩擦或干扰，整合家族内部的各种关系，从而达到和谐和一致。

除此之外，宗族的文化娱乐，也是各宗族间相互联系的一种社会交往活动，相处融洽的族姓，在迎神赛会、祭祖和节日里，互相邀请看戏、宴饮，在舞狮、游龙灯中给对方送去祝福，起到敦族睦邻的作用。如永定县湖雷乡的下湖雷，按张、吴、孔、赖四大姓，在传袭下来的固定日子里，分别从正月十二至十五迎花灯，每一姓氏家族一天。各家族相互协调，共娱同乐。

龙氏宗谱（福建） 摄影/储永

闽台宗亲故土观念强烈，在两地的地名中也有明显的反映。闽南乡村多聚族而居，“以姓名乡”的习俗十分普遍。这些以姓氏命名的村庄地名中，其规律是大多数以村庄的开基者姓氏，或以最先定居者的族姓，或以此地大族的姓氏加以命名。如福建晋江县初步统计，大约有六十个左右的姓氏，分别冠于170个左右的村庄地名之中。（《晋江文史资料选辑》第8辑《从村庄地名看晋江县的发展历史》）而且这些地名大多数和厝字有联系，也就是在厝字之上冠以姓氏，成为某厝、某厝，如赖厝、姚厝、张厝等。这些厝字之上冠以姓氏的村名，在晋江县以姓氏命名的村庄总数中，大约有将近一半。闽南人移居台湾后，为了让子孙后代永远不忘祖地故土，继续维系“宗族观念”、“乡亲感情”，他们把开垦定居的地方以故乡旧名来加以命名。台湾也有很多以房屋居民姓氏或厝主姓氏命名的带“厝”字的地名，如台北市的洪厝、颜厝、林厝、陈厝、黄厝、施厝、李厝街、杜厝街、朱厝巷等。福建移民还有以祖籍地府县村镇原名作为在台湾居住地地名的。如今日台湾地名之中，以泉州为名者共有9个，其中5个都称为泉州厝；以同安为名者7个，其中4个称同安村，3个称同安厝；还有3个兴化寮、2个兴化村、2个安溪村、2个安溪厝、2个永春村等等，不一而足，兹不赘举。移民到了新移居地之后，总希望自己家族旺盛，事业兴隆，于是又产生了“福兴”与“广兴”等地名。据统计，台湾全省有21个福兴，3

闽南传统婚礼仪式（福建）　摄影/梁希毅

个福隆，以及9个广兴与5个广福。（陈正祥：《台湾地名之分析》，《台湾文献》第9卷第3期）

福建各家族为壮大自身的力量，还盛行各种“养子”、“义男”、“螟蛉子”习俗。早在明末，福建同安“本户先世因人丁稀少，有将养男收入册籍者，以相帮门户也。”（同安《林希元家谱·家训十二条》）清朝道光《厦门志》卷15《风俗记·俗尚》云：“闽人多养子，即有子者，亦必抱养数子，……或藉多子以为强房。积习相沿，恬不为怪。”《同安县志》风俗志亦云：“同俗向喜乞养他人子，及子复生子，遂混含不可究诘。始但出于巨乡大族强房者为之，（嘉道前械斗盛行，乡人恃丁多为强之流弊，）后则竞相仿效。”（民国《同安县志》卷22《礼俗·宗法》）这种风尚随着闽南人移居台湾而带至台湾。台湾早期移民社会独身男子多，为承祀祖宗香火，不使绝嗣，比福建更盛行“螟蛉子”。志书云：“自襁褓而育之者，曰螟蛉。台俗八九岁至十五六，皆购为己子。更有年未衰而不娶，忽援壮夫为子，授之室而承其祀。”（周仲：《诸罗县志》卷8《风俗志》）林道衡在《螟蛉子》调查报告中说：“螟蛉子是台湾及福建独有的养子制度，而这种制度在其他各省是少有绝无的。……螟蛉子在台湾、福建的家族中却占了极重要的地位，一个家族的盛衰命运往往掌握在螟蛉子的手中。因而父母对于螟蛉子的看待，至少在表面上与对待亲生儿子同样没有差异。而且，螟蛉子多比亲生子识相，善于巴结父母。……事实上，台湾和福建的家族，尤其是豪商富户之家，亲生子通常娇养得不成材，而螟蛉子独有出色。”（转引自厦门大学图书馆藏《剪报资料》）

螟蛉子制度具有很强的功利主义色彩，与闽台家族注重血缘系统、世系源流的初衷相违背，使血缘关系紊乱，世系不清，故遭到一些士大夫的指责。“夫于礼曰乱宗，于例断宜归宗。宗支紊乱，何其不之察也。数传而后，并不知为谁氏子孙矣！”（道光《厦门志》卷15《风俗记·俗尚》）螟蛉“有父无母，悖义伤伦，抑又甚矣。古人无子，必择同姓之亲者而继之；今以非我族类之人承祀，他日能歆之乎？……舍兄弟同姓之

爬刀梯（福建）　摄影/徐学仕

子，而必取诸异姓者；然未若此地（台湾）之并螟蛉而亦非也。礼无异姓为后之文，本朝（清朝）有笞杖归宗之律。俗子、愚夫既不知吕嬴、牛马之辨，诗礼之家亦昧然为之。”（周仲：《诸罗县志》卷8《风俗志》）正是由于螟蛉子制度中传统宗族血缘原则与现实的冲突矛盾，使闽台族谱中对此众说纷纭，态度不一。有坚决反对抱养螟蛉子者，如《佛耳山詹氏族谱》云：“凡无子者，则以亲兄弟之子为后；亲兄弟无子，则以从兄弟之子为后，或从以至族人，皆可从之，一本之义也；不许乞养异姓，以乱其宗。”亦有规定可以抱养，但须于谱中书明抱养字样者，如《蓬岛郭姓族谱》云：“至螟蛉之子，例宜注养字，著其以戒将来。第各族抱养之人，难以查明，故就其名下载之，宽既往也。”亦有用世系线条之颜色为表明之者，如《登弟方氏族谱》云：“血脉螟蛉，分别红黑丝牵画联络，旧有成规，以清脉派，不敢易。”有不限螟蛉，而谱不为书之者，如《安平高氏族谱》云：“凡委己姓而冒入户贯，或以谱系通姓而溷其宗者，或育子螟蛉而昵其族，及其他孕任而养为己出者，率非圣人保姓受氏之道，书之只终其身；至子孙则弗谱之，盖所以尚同姓之义也。”有的则因时势变迁，则加以变通更改者，如《虹山彭氏族谱》卷首《谱例十二条》对于收养异姓子予以排斥，“凡无后者许立亲房子侄承接宗支，不许仍螟他姓，以孙为男、嗣弟作子，紊乱昭穆，违者削谱并究。”但是到了清代以来重修族谱时新订的《谱例四则》则对此作了很大变通：“螟蛉异姓，旧谱所戒。然近乡巨室所在多有，即以吾族而论，亦相习成风，而生长子孙实繁有徒。若概削而不书，势必有窒碍难行之处。且不慎于始而摈之于后，亦

新竹义民庙（台湾）　摄影/焦红辉

义民庙内景（台湾）　摄影/焦红辉

迎神赛会（台湾）　摄影/梁希毅

非折衷办法也。兹特变文起例，凡螟蛉异姓为嗣者，书曰‘养子’。”又如民国初年《重修五全林氏族谱》亦云：“旧谱他姓之子，不得招养为嗣，然时势变迁，宜古不宜于今；兹以异姓之子为嗣者，即书男某某。缘凡中国庶姓，均为黄帝之胄，不得以非种歧视。”概视养子与生子无殊矣！

闽台宗族乡土观念强烈，其负面作用也不少。如宗族势力强大，干预社会生活，甚至影响国家法律法规的贯彻执行；宗族活动频繁，封建迷信色彩浓厚，铺张浪费严重等。其中最为严重的是具有很强的封闭性和排他性，使各宗族、各地区产生分裂和对立，矛盾和斗争时有发生，甚至造成破坏性极大的械斗。

闽台的宗族乡土意识，其根源是产生于中国传统的小农经济基础之上。小农经济是以几口之家为单位的个体小生产、小家庭，就其本身来说是脆弱的、不稳定的，天灾、战争、租徭、疾病、暴力、生死、债务等等很容易使之破产、消亡。另一方面，这种个体的、细小的生产单位和生活单位要存在和发展，又需要一些它们无法独自承担的集体的集中的活动，如抗旱、防洪、灌溉、灾荒的救助，乃至公共事务，抵御盗匪、外敌等。这些活动需要集体的组织和管理，也需要权威乃至暴力。在这种需要下，以血缘、地缘进行认同整合的宗族、乡村、同籍贯在不同情况下发挥着集体组织的作用。如福建漳州地区各家族团结起来，组织武装，御敌卫家：“平和小陂倡勇于前，漳浦周陂奋勇于后，……逆鸠族人习学技击，教一为十，教十为百。少年矫健，相为羽翼，每遇贼至，提兵一呼，扬旗授

甲，云合响应。……自是兵气愈扬，人心弥奋。”（嘉庆《云霄厅志》卷8《兵防志》）有的地方甚至修筑碉堡城寨以自卫：如福州一带“今诸大姓族聚，宜听自筑以协守望，则巨镇之堡，十可成其一二，局数十年间，海堡校联，人各为战，……保障之上务也。”（郭造卿：《海岳山房存稿》卷11《土堡》）漳州沿海“凡数十家聚为一堡，砦垒相望、雉堞相连，每一警报则鼓锋喧闹，……提兵一呼，扬旗授甲，云合响应。”（嘉庆《云霄厅志》卷8《兵防志》）在现实生活中，同宗、同乡概念是相对而言的。一般说来，同祖宗族是最小的组织，当这种同祖宗族人数太少、力量不够时，就扩大到同姓宗族，以致再发展到小姓联宗、异姓联宗。同乡者，同住一乡之谓也。对于同一县城的人，同住同一个自然村之人谓之同乡。但是人们一走出县界，在它乡异地，同乡就自然而然地扩大到同县。一旦出了省，同省人也就成为同乡了。一旦出了国境，人人都是中国人，同属炎黄子孙，这就不仅是同乡，而且成为同宗、同族一家人。

众所周知，从魏晋南北朝至五代时期，北方由于多次战乱，中原人民涌涌不断迁入福建。从宋代开始，福建地少人多的矛盾开始显露出来，到了明清时期更为突出。加上其他因素的作用，人们被迫再次离乡背井，到外地，甚至漂洋过海去谋生，其中一大部分移居一水之隔的台湾。历史上闽台这次移民特征，使他们更加注重宗族和乡土意识。在新的移居地，面对恶劣的自然环境和土著人的对立，他们必须以传统的血缘、地缘关系，即同宗同乡关系进行认同整合。这种认同整合的手段就是通过溯渊源、分疏戚的修谱、标榜郡望、堂号，修建象征宗族同乡凝聚力、亲和力的祠堂、宗庙，同乡宗亲会馆举行祭祀、合食会食、迎神赛会等活动，来团结、协调、管理、保护同族同乡之人。宗族、乡土意识体现了儒家思想的价值观和伦理道德规范，在家庭、宗族、同乡关系方面，竭尽倡导仁爱、孝悌和仁、义、礼、智、信，提倡人和为贵、敦亲睦族、助人为乐、扶危济困、诚信守约、以德报德，同族同乡相亲，强调个人服从乡族的利益，必要时牺牲个体，成全群体。这是因为人们普遍认为只有群体的力量才能照顾保护一个个分散的个体，而个人也需把自己的权益让出来给集体，由集体行使权力。另一方面，小农经济的运转模式是自给自足的自然经济循环往复。僵化的生产方式和生活方式，加上闽台山岭重叠、大海阻隔、交通不便所形成的封闭性，使人们普遍存在着狭隘、保守、自私、目光短浅、本位主义、封闭、排他的思维方式和心理意识。这种意识最集中典型的表现就是异姓异乡相仇，大族大乡欺凌小族小乡，极力排斥他族他乡人，矛盾的冲突最终导致械斗的发生。

第七章

闽台民间文艺

“宋江阵”表演(台湾)

木偶戏（台湾）

第七章
闽台民间文艺

闽台民间地方戏曲、歌舞、曲艺、音乐等五彩缤纷，盛行于城乡各地，与各种民俗事项有密切的关系，并使这些民俗活动增添浓郁的地方色彩和乡土气息。这些地方戏曲、歌舞、曲艺、音乐虽然本身属于民间艺术，但也不同程度地反映了某些民俗内涵，故具有很强的地域性。如任何一种戏曲、曲艺、民歌等都采取当地的方言演唱。区别地方戏曲、曲艺、民歌的最显著的特征是方言和声腔，而这两者中方言更为基本，如有的地方戏可兼容几种声腔，但不能兼讲几种方言。高甲戏就包含了京剧、昆剧、梨园戏、木偶戏等各种剧种的声腔以及南曲曲调，闽南民间小调等。

莆仙戏剧（福建）　摄影/徐学仕

又如音乐来源于语言，语言不同的区域，音乐往往各异。如一种声腔曲调，当它流布到其他地方时，为了适应当地方言的演唱，就会产生地域变异，这就产生了新的声腔曲调派别。声腔曲调可以随着方言变，方言却不肯随声腔曲调变。如《苏武牧羊调》在闽南被填上《父母主意嫁番客》的唱词后，其曲调在保留原结构和旋律骨干的基础上，无论是从调式音阶，还是旋律行腔等方面来看，都渗进了闽南音乐的特色。又如福州广为流行的《真鸟仔》的歌词，旋律音调经过演变，与福州方言相吻合，使其具有浓厚的福州地方民俗色彩。

志称“莆为文物之地”，“雅称文献，翩翩然佳风俗也”，（民国《兴化府莆田县志》卷2《舆地》）其俗在戏曲上也有明显反映。如莆仙戏在音乐方面更是集古代戏曲音乐之大成，其音乐曲牌不仅多，而且更为珍贵的是历史渊源久远。其曲牌名出于唐宋大曲的有梁州序、降黄龙、八声甘州、普天乐等12首；与大曲有关的有采莲歌、迎仙客、梅花引等12首。其牌名同于唐宋词调的有沁园春、泣颜回、浣溪沙等65首。其牌名同

十音八乐（福建） 摄影/徐学仕

于诸宫调的有胜葫芦、石榴花、出队子等8首。同于南宋唱赚的有赚、缕缕金、越恁好、好孩儿、尾声5首。同于《永乐大典》戏文三种《张协状元》剧中的有福清歌、江头送别、江儿水等80首；同于《小孙屠》剧中的有驻云飞、玉交枝、一封书等15首。同于《宋元戏文辑佚》残曲的有扑灯蛾、大迓鼓、惜黄花等141首。（有关莆仙戏曲牌名称来源的统计数字说法不一，兹依王耀华：《民族音乐论集》）莆仙戏音乐传统深厚，唱腔丰富，迄今保留不少宋元南戏音乐遗响。莆仙戏的声腔主要是“兴化腔”。它融合宋元词曲和大曲、民间歌谣俚曲、十音八乐、佛曲法曲等，用方言演唱。传统的莆仙戏乐队只有司锣、司鼓、司吹三人，这种伴奏形式保留着宋元古戏的遗制。从文献和出土文物中，我们可以看到，宋元戏曲伴奏就是以锣、鼓、板、笛为主。总之，莆仙戏音乐之古老典雅，从一个侧面反映了莆田“习俗好尚，有中州遗风”。（民国《兴化府莆田县志》卷2《舆地》）

彰化梨春园（台湾）

莆仙戏创造了许多成套的传统表演程式，如

戏偶（台湾） 摄影/梁希毅

漳州市芗剧团与宜兰歌仔戏团同台演出（福建）　摄影/林瑞红

划船、骑马、上下轿、挑枷、公堂踏八卦、官场排场、作战摆阵等，具有独特的表演风格。在表演形式方面，很多动作由傀儡戏演化而来，具有夸张性和动作性强的特点。如表现在骑马的舞场台步，总是一跳一踢，开打时总是一冲一荡，跟傀儡戏的动作基本相同。莆仙戏科步十分丰富，别具特色，尤以表现古代妇女“行不动裙”的蹀步最为优美。走时两膝夹紧，双足靠拢，足尖着力，一跷一落，蹉着行进。莆仙戏里还有优美的舞蹈动作，如“瑞兰走雨”、“种瓜对舞”、“春江摇橹”以及《春草闯堂》里的抬轿子动作等，都富有地方色彩和浓郁的生活气息。

扮三仙（台湾）

莆仙戏音乐传统深厚，唱腔丰富，迄今保留不少宋元南戏音乐遗响。莆仙戏的声腔主要是“兴化腔”。它综合融化莆仙民间歌谣俚曲，十音八乐、佛曲法曲、宋元词曲和大曲歌舞而形成，用方言演唱，是一种具有浓厚地方色彩和风味的声腔。演唱时，男女角色都用本嗓，并保留南戏“帮合唱”的特点，有独唱、对唱、接唱、齐唱、合唱和帮腔。

流行于泉州、晋江地区的梨园戏，传统剧目多取材于民间传说，反映男女情爱和悲欢离合，如《陈三五娘》、《胭脂记》、《吕蒙正》等。表演风格古朴、柔雅、精致、优美、多载歌载舞。梨园戏的音乐风格，总的说来是优美、抒情、幽雅恬静。梨园戏的音乐善于以含蓄内在的方式来表达人物的内心思想感情，即使在欢乐、愉悦的场景中，其音乐的表达仍以深挚含隐取胜。如《陈三五娘》第一场《睇灯》描写元宵月夜，笙歌游戏，一派热烈欢腾的喜庆场面。如果在别的剧种中，此时必定先来一番热烈的欢庆锣鼓，继之以音调高昂、节奏跳跃的唱腔旋律。可是在梨园戏中，却并不如此。开头以笛子、丝弦奏出《北元宵》清雅的曲调为引子，

台湾歌仔戏（台湾）

东山歌册（福建）　摄影/林瑞红

接着《麻婆子》唱腔曲调中，仅以中等速度，较为平稳的节奏，配以级进回绕的线条为特点的旋律音调，时而间以起伏跳跃的进行，甚为深切内在地表现人们节日的欢乐愉悦感情。这种手法以清淡古雅为其风格特点，给人以隐而不露、恬静朴实的美感。梨园戏的表演、音乐风格与这一地区民俗“风土温柔、民性愿悫，习俗敦厚”（道光《重纂福建通志》卷56《风俗》）不无关系。

梨园戏是宋元之际南戏入闽后，与晋江泉州地区民间歌舞伎艺、百戏、杂剧、傀儡戏等相结合形成的剧种。它较多保存了宋时的杂剧动作，如生角出场，立在门帘外，左顾右视，振袖端带，而后开始行进；或旦角整容，双手抚发，左右倾视，然后双手各掀衣角，整理弓鞋，而后冉冉步出台口。其动作多古舞姿态，如旦角之翘袖、折腰、盘旋、舞扇、大垂手、小垂手、独摇手等。早期傀儡戏、弄子戏对它也有影响，至今还有进三步，退三步，三步到台前；返头越角，回头转向。南戏在表演上形成一套极其严谨的程式，基本动作叫“十八步科母”，如“举手到目眉，分手到肚脐，拱手到下颏，毒错到腹脐”和“指手对鼻，偏触对耳，提手对乳”等规范。

歌仔戏诞生于台湾，但歌仔戏的源则在闽南。一个剧种的特征，最主要在于唱腔，歌仔戏中两个主要唱腔，“七字调”和“杂碎调”是从闽南锦歌中衍化而来。歌仔戏最初剧目《陈三五娘》和《山伯英台》，正是锦歌说唱四大柱中的两个曲目。戏曲的另一个要素是表演，歌仔戏的最早表演形式来源于“闽南车鼓”，模仿车鼓戏的阵头形式，取其调弄舞蹈的身段，演出滑稽诙谐的民间故事。

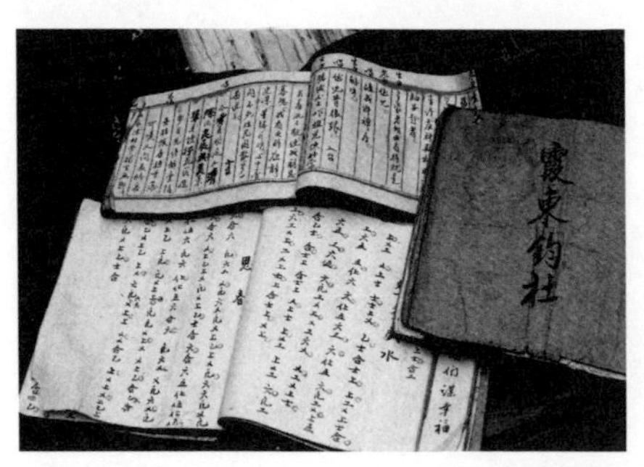

南词古谱（福建）　摄影/林瑞红

歌仔戏最初是“念歌仔”，即以“歌仔”的曲调叙述长短篇故事，是说唱的坐场阶段。以后发展为歌仔阵，边

出巡（福建）　摄影/郑宪

唱歌仔调，边沿街游行表演故事人物的身段，是歌舞小戏的阶段。大致从民国初年开始，歌仔阵行进之际，遇群众聚集场所，即以竹竿四支围成表演区，就地献技，人称“落地扫”。后来渐受欢迎，开始在节庆或神诞时搭戏台演出，演出剧情也由散出而为全本戏。歌仔戏登上舞台后，向当时流行宜兰地区的“四平戏”和“乱弹戏”学习服装和身段，从地方大戏中汲取滋养，不断丰富自身。这时的歌仔戏可称之为“野台歌仔戏”。“野台歌仔戏”大约于1923年向京剧学习身段台步和锣鼓点子，向福州班学习布景和连本戏，尔后进入内台演出，成为“内台歌仔戏”。这时的歌仔戏大致进入了成熟阶段。

舞狮（台湾）

歌仔戏的一个突出特点是悲剧较多，在众多的唱腔中，有大量的哭调，如“小哭”、“七字仔哭”、“反哭”、“五空仔哭”、“台南哭”、“卖药哭”、“宜兰哭”、“运河哭”、“江西哭”、“安溪哭”、“凤凰哭”等。如在《山伯英台》这出戏中，祝英台面对梁山伯坟冢，生离死别，凄凄惨惨，痛哭欲绝，用一连串具有咏叹形式的哭调“大哭”、“艋舺哭”、“七字仔哭”、“台南哭”等，唱出“一拜梁

舞龙（台湾）

竹竿上挂戏偶（台湾）

哥……”、“二拜梁哥……”、“三拜梁哥……”。演员凄楚的哭诉，在观众中引起强烈的反响，台下发出同情的唏嘘声和泪水。歌仔戏哭调的大量产生和应用，与当时台湾人民的社会心态是紧密相连的。早在二千多年前，《乐记》就指出：“是故治世之音安以乐，其政和；乱世之音怨以怒，其政乖；亡国之音哀以思，其民困。声音之道，与政通矣。”早期福建人移居台湾，绝大多数都是在家乡“无田可耕，无工可佣、无食可觅”之人，（沈起元：《条陈台湾事宜状》，《清朝经世文编》卷84）他们背井离乡，冒风涛蹈覆溺，九死一生来到台湾，面对毒蛇猛兽、疾病、饥饿、“猎头生番”的种种威胁；1895年日本殖民者强占台湾，实行残酷野蛮的奴化政策，两岸割断，骨肉分离，亡国之痛。所有这些凝聚成的一股忧郁悲痛情感，最终通过歌仔戏的哭调找到了一个渲泄

闽台演员在切磋技艺（福建）　摄影/林瑞红

口。现实生活中的苦楚、不满，通过哭调痛快淋漓地哭出来，这是民众集体性地无意识的一种渲泄。

采茶戏源于赣南安远县九龙山茶区，后经福建、广东客家人而传到台湾苗栗、新竹、中坜、桃园、平镇等地。采茶戏主要在闽台客家人中流行，其表演形式以丑、旦戏谑对唱为主，故又被称为“相褒戏”。采茶戏以采茶调为主要唱腔，其余山歌子、九腔十八调等为点缀性唱腔；常用花帕、彩伞作道具而表演许多优美的身段和动作，具有虚拟夸张，形象风趣的特点；其剧目以反映男女爱情、伦理道德和善恶报应的故事居多。从总的看来，采花戏的清新活泼折射出客家人乐观向上热爱生活的民俗风貌。

闽南和台湾一带，逢年过节经常有车鼓戏、大车鼓、跳鼓阵、跳鼓等化妆表演游行的习俗。如车鼓戏属于演唱民间传说和故事为主的小型歌舞剧，演出场地不限，角色往往一旦一丑。旦头戴假发，扎一绸花在头上，两端绸布直从耳边垂下；鬓插珠花，身着鲜艳短衣短裤，腰系一条丝带；一手执扇，一手拿帕。丑角绘成小麻脸，鼻下挂八字胡；头戴呢帽或鸭舌帽，身披染黑短衫短裤，腰围白裙；手拿船桨道具或四宝（乐器）。表演时且歌且舞，互相对答。丑角使尽浑身解数，嬉弄、取媚于旦。动作诙谐夸张，生动有趣。泉州一带的车鼓阵民俗色彩更为浓厚，整个游行队伍由8位典型的泉州近郊妇女身着当地传统服饰前导开阵。她们头上梳田螺髻，髻上绕着一串诸如茉莉花之类的鲜花，髻中垫上一块饰银或饰金的冠，以架起发髻，并缠

锦歌的主要伴奏乐器（福建）　摄影/林瑞红

漳州的锦歌社（福建）　摄影/林瑞红

上大红线；额上绕髻下扎一条黑绸巾，古称“步摇”；刘海覆额，两侧髻发垂下，双耳饰以金耳环；身穿蓝色大斜襟上衣，颈上围一条五彩巾，下着宽筒裤，脚登黑色纽边布鞋。这些队伍一边行进，一边演奏“十音”（即琵琶、洞箫、笛子、唢呐、三弦、拍板、钹、锣、铜钟、小铃十种乐器），一边演唱南曲或民间小调，为岁时节日习俗增添了喜庆欢乐的气氛。

闽台民间在喜庆节日还有舞狮舞龙的习俗。在舞狮中，较具艺术性、观赏性的是小鬼弄狮。表演时一般由狮子（2人）、小鬼（1人）、打击乐（3人）相配合。如小鬼右手执扇，左手持草，戏狮追逐时，则锣鼓声铿锵紧凑。狮子欲稍事休息，小鬼跨坐狮背上，扇和草插入上衣内，双手毳狮子捉蚤子时，则鼓声徐缓，鼓钹声和小鬼捉狮子头的情形相呼应。至小鬼突然变更主意，用草搔狮耳，狮子翻身怒吼时，锣鼓声又大作，使得正看得入神的观众突然惊醒过来。当小鬼花样百出地戏弄狮子，使狮子无可奈何时，又以轻快的锣鼓声伴衬，并且常会引发出一阵轻松喜悦的笑声。

台湾弦友跨海寻根（福建）　摄影/林瑞红

台湾艺人（福建）　摄影/林瑞红

在舞龙中，其动作有垛龙、龙打滚、龙摆尾、波浪浮、龙串柱、金龙盘玉柱等。舞者手持木柄挥舞，配合默契，气魄雄伟，生动活跃。远看，可见五彩缤纷蔚为壮观的龙灯全貌，尤其是栩栩如生的水中倒影，令人叹为观止；近观，那舞龙者和旁观者兴高采烈、奔放激昂的精神面貌，使人倍受鼓舞。

“月琴派”艺人卢菊（福建）
摄影/林瑞红

南曲是中国现存最古老的乐种之一，始于何时，目前说法不一。一般认为，它源于中原古雅乐，晋、唐时期由中原移民传入闽南。南曲保存了大量汉至唐时期的古曲曲牌，如《摩诃兜勒》、《子夜歌》、《清平乐》、《三台令》、《汉宫秋》、《梁州曲》、《甘州曲》、《后庭花》等；还保存了宋元词曲《沁园春》、《念奴娇》、《浪淘沙》，以及宋元南戏剧目的唱段和声腔特色。南曲演奏时，保持唐代坐部乐遗风，一律坐奏。唱者执拍，居中任指挥；吹洞箫、拉二弦者，坐在左边一、二位；弹琵琶、三弦者，坐在右边一、二位。通常以5人互奏，如遇大场面，求其热闹，再加其他乐器。这种演奏排场与唐乐队图（敦煌窟号85）唐舞乐图（敦煌窟号156）是完全相同的。还有南曲中琵琶斜弹，与始建于武后垂拱二年（686年）的泉州开元寺大殿斗拱飞天乐伎弹琵琶姿势，以及五代韩熙载《夜宴图》中宫女斜弹琵琶，是完全相同的。总之，大量的事实说明，南曲不愧有“唐宋遗音”之称。南曲常被运用于梨园戏、高甲戏、泉州提线木偶戏、打城戏等地方戏曲，成为各自唱腔和器乐曲的一个重要组成部分。南曲的古朴幽雅、委婉柔美对这些戏曲音乐影响很大，使闽南、台湾戏剧文化具有浓郁的古香古色。

乡村剧社（福建） 摄影/林瑞红

南曲渗透到闽南人的生活之中，伴随着人生礼仪习俗的每个时期。如婴儿降生时，听到的

脸谱（福建）　摄影/周跃东

第一个乐音，往往就是南音。满月和周岁时，前来祝贺的亲朋好友更少不了南音的唱和。南音中庆贺婚喜的曲子特别多，而且曲调欢快，情绪饱满。华诞之庆，南曲又有一套固定的曲目和唱奏形式。寿宴之后，南音丝竹悠扬，弦管纵情，旋律高雅，令人心旷神怡。倘有南音弦友逝去，还有举行“弦管祭”之俗。厅堂挂逝者遗像，设香案。祭者点三柱香，读祭文，奏南音。其曲调深沉而不哀伤，以表达对逝者的怀念和对生者的抚慰之情。

闽台地区还有几种常见的曲艺形式，活跃于城市乡村、街头巷尾、茶楼酒馆、旅社码头，表演弹唱，深受群众欢迎，成为极具地区色彩的民俗景观。

流行于福建龙溪、厦门、晋江和台湾的锦歌，因演唱形式及使用乐器略有不同，而主要分成三派。亭字派主要流行于城市，受南曲影响较深。唱腔较幽雅细腻，讲究咬字、归音、韵味；采用南音、十八音的曲调较多；使用乐器有琵琶、洞箫、二弦、三弦，指法与南曲相同。堂字派主要流传于农村。唱腔粗犷有力，曲调接近民间歌谣，尤擅长杂念仔，旋律灵活，

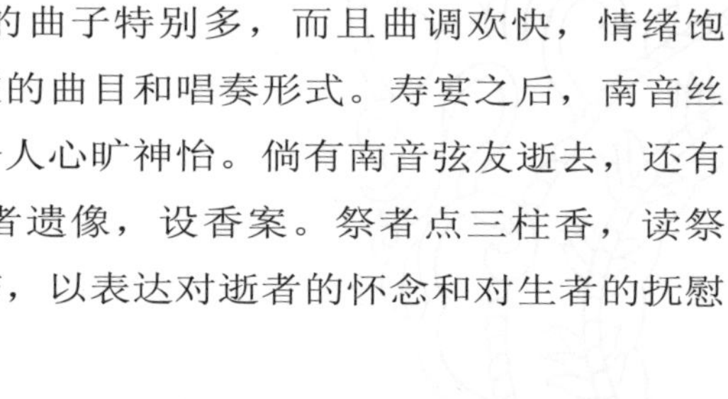

面具（福建）　摄影/周跃东

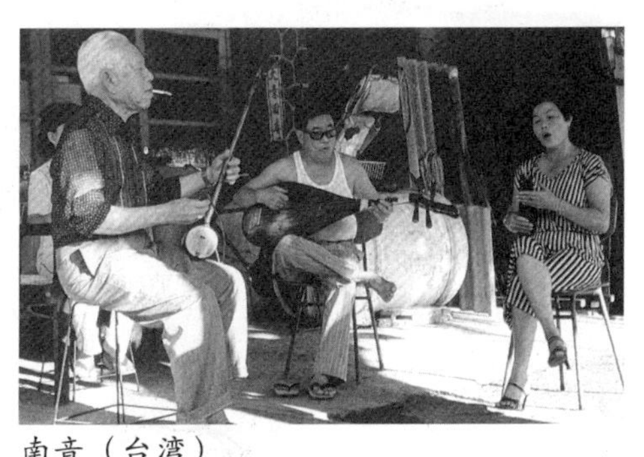
南音（台湾）

变化多样；使用乐器有月琴、二弦、三弦、渔鼓等。亭字派、堂字派社团歌子婚丧喜庆时出阵，边走边奏边唱，到了目的地才进行“排场”，届时人们“椅条叠椅条”，通宵达旦，听到天亮太阳出来还不肯散去。盲人派走唱几乎遍及各城乡。唱腔朴素、动听，有较浓郁的乡土气息；使用乐器较简单，一般使用月琴或二弦，自弹自唱。往昔，盲艺人沿乡镇、村庄卖唱。他（她）们怀抱月琴或弦子，琴头挂有卜卦用的签筒，沿街游走，由孩子、男人牵引，或结伴搭肩而行。若有店家招呼，便进入其店。主人即会端凳子泡茶，盲歌者便会依照主人从签筒中抽得的“签诗”歌唱，敷衍故事，卜算命运，主人会视签诗及所唱歌曲的数目给予报酬。

流传于福州语系的伬唱是一种自拉（或自弹）自唱为主、辅以说表做

南音表演（台湾）

鹿港聚英社（台湾）

功的说唱艺术。伬唱形式简便，生动活泼，只需几个（也有十余个）演员、几件乐器就可演出，因此流动性较大。早期伬唱艺人以在茶楼、酒馆、旅社、码头卖艺为主，后来虽然有组织乐社或伬馆，但仍以流动巡回卖艺或唱堂会为主。伬唱与闽剧、评话关系密切，吸取它们的长处。伬唱演员很多来自闽剧戏班，不少节目和闽剧相同，音乐曲牌也大体一致。只是在音型、行腔、板式诸方面与闽剧不同，讲究明快抒情，重字轻腔。伬唱也采用评话的说唱表演形式，既有器乐伴奏，又有铙钹、鼓点，俗称“评话伬”。有的伬唱在福州民间音乐“十番”或“京鼓”中配上说唱，串演小故事的称“十番伬”和“京鼓伬”，这两种伬唱形式主要在迎神赛会和婚丧喜庆场面较大时演出。

福州评话又名“清书”，是流行于福州方言区的一种很有影响的曲艺形式。评话艺术讲究唱、说、

著名布袋戏大师黄海岱（台湾）

老生（台湾）

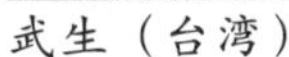

武生（台湾）

做、花、唱，或概要交代故事内容，或渲染气氛，或直抒人物感情。其中更重于一个“评”字，即在唱腔中表明讲者对此人此事的看法。评话唱腔优美宛转，常用的有“一枝花”、“滴滴金”、“浪淘沙”、“节节高”、“江湖叠”等。说，是评话中最主要的艺术手段，语言务求通俗生动、个性鲜明，谈吐必须清晰、流利、入情、达意。道白中有丰富的民间方言语汇、生动的典故和俚歌民谣，极富地方色彩和生活气息。比如在一段婆媳争吵的情节里，艺人用一连串的福州俗谚，入微入化地刻画了一个封建老太婆“拿大”的嘴脸和架势。艺人们讲究“显身说法”和“角色分音”，这就是要求在讲演过程中，用与故事人物身份、性格、感情相吻合的语言、声调、语气来刻划人物形象，以轻重缓急、抑扬顿挫、高下起落来表现故事内容。做，即通过适度的表演来加强人物形象和故事情节的生动性，使人如临其境，如见其人。花，又叫噱头，有夹骨花和插花之分。夹骨花是在人物性格和故事情节中突出笑料，取得喜剧效果；插花是说书人穿插与故事无关的小笑话。评话的道具简单，只有一爿铙钹、一只醒木、一把扇子、一条手帕，随身携带，不受演出地点限制。其中最重要的是一爿铙

花脸（台湾）

北管表演（台湾）

钹，有敲钹、逗钹两种打法。敲钹是以一支竹箸慢敲慢打，有珠箸、滚钹、飞钹等多种敲打手法。逗钹是提起铙钹向桌面撞击，作用与醒木相似而略广，可划分段落、渲染气氛，表示书中人物思想感情、动作的停顿与转换。

往昔，福州评话很受群众欢迎。旧时，评话艺人在演出时都穿长衫，以示有礼。人们称评话艺人为“评话先生”，以表尊敬。其演出形式有固定书场和流动书场，由于演出不受地点限制，故城乡街头巷尾到处可见评

梨春园（台湾）

话讲演。固定书场往往在人口稠密的市区，定期讲演，观众买票入场观看聆听。流动书场则是不定期的讲演，往往是主事者事前预定。流动书场与许多民俗事项有关，如嫁娶、生育、寿诞、还愿、丧事、祭祀等均可举行评话讲演，一场评话常吸引成千上百的听众。

北管戏（台湾）

讲古是闽南方言，即说书的意思，流行于闽南、台湾一带。讲古不同于福州的评话，只讲不唱，而且不借助于道具以喧染气氛。讲古师（或称讲古仙）手里拿一本书，或一把折扇，全凭通俗生动的语言，丰富的表情，形象的动作，绘声绘色地展现故事情节和人物性格。往昔，闽南和台湾讲古之风盛行，寺庙茶肆或民众常聚处所，每有说书者，吸引着许多听众。日人佐仓孙三《台风杂记·讲古》云："占坐于街头一方，高声谈古事，听者如堵，是为讲古师。所讲《三国志》、《水浒传》类，辩舌夸张，抑扬波澜，使人起情；……台人欲激励士气，则往往用此方云。"

《孝经·广要道》云："移风易俗，莫善于乐。"《礼记·乐记》亦云："乐也者，圣人之所乐也，而可以善民心，其感人深，其移风易俗，故先王著其教焉。"由此可见乐在各区域风俗形成中的重要性。另一方面，乐又是各区域风俗的重要景观。如新疆维吾尔族音乐快速多变，跳跃性大，其俗热情奔放；蒙古族音乐悠扬宽广，节奏平稳，其俗豪迈刚毅。纵观闽台地区，从民歌反映出各地区不同民俗风情的主要有四大类，即闽南话系民歌、客家话系民歌、高山族民歌、畲族民歌。由于高山族民歌、畲族民歌各自相对独立，基本上不属于闽台文化关系所界定的范畴，兹略。

闽南话系民歌就是指用闽南话演唱的民歌，它在闽台地区流传甚广，并随着地区环境、生活习惯、历史变迁等方面的差异，形成各种不同的风格特点。

闽南民歌按其风格差异，在福建主要分为泉州和漳州两个地区。在泉

北管演出（台湾）

州地区，民歌受南曲的影响很大，包含变宫、变徵的古音阶，旋律呈平稳级进和回绕型线状、中速稍慢的节奏，具有优美雅致的特点。漳州地区民歌以徵调式居多，色彩比较纯朴。当地锦歌和芗剧也给民歌以深刻的影响，如漳州《做戏歌》与芗剧《杂碎调》音调上有紧密的联系，形成羽商、商徵两个音区和旋律音调的对比，色彩鲜明。

明清时期，泉、漳人大批移民台湾，带去了数量相当丰富、具有浓厚地方特色的闽南乡土音乐。随着移民的流布，又形成各地方的调律，如台北调、台南调、彰化调、恒春调、宜兰调等。尽管如此，这些民歌仍具有共同的闽南乡土气息，台湾学者统称其为福佬系民歌。

福佬系民歌在各地流传中不断得到丰富发展，如福佬系人进入恒春后，受客家系影响，创作了《思想起》、《四季春》、《三声无奈》、《牛尾摆》等民歌；进入台北后，创作了《台北调》、《垊仔脚调》、《艋舺哭调》等。此外，一些古老的闽南民歌流传到台湾后，经过数代加工，形成相当完美的韵调。如《天乌乌》在闽南是幼儿念的童谣，以丰富的想像力，描绘了海龙王娶妻热烈、诙谐、生动的画面，各种水族形象特色鲜明，极富海滨民俗风情：“天乌乌，要落雨；海龙王，要娶某（妻）。蟹挑灯，虾打鼓，水鸡（青蛙）扛轿大腹肚，蜻蜓举旗叫受苦。蚶吼鱼走，水鸡翻筋斗。”这首儿歌传入台湾后，添上新歌词，还加上一些花腔、装饰音和象声词，发展成一首动人的民歌，更接近生活，富有浓郁的乡土气息："天乌乌，要落雨。阿公去掘芋，掘有掘，掘着一尾鲤鱼乌。伊哟嘿郭，真正趣味。阿公仔要煮咸，阿妈要煮菹，二人相拍弄破鼎，伊哟嘿郭啷当哟当呛，哈哈哈"。又如"草蜢弄鸡公"，原是闽南一句民间俗语，意为"蚱蜢不自量力，竟敢戏弄鸡公"，比喻自讨苦吃、自取灭亡，在台湾衍变成为西部平原一首巧妙动听的民谣；广为流传的民歌《丢丢铜仔》，在台湾有多种不同的唱词和唱法，但它都是根据闽南早年一种叫"丢丢铜"的儿童游戏构思创作出来的。台湾的闽南话民歌，在旋律进行上多以级进为主，精巧秀丽，朴素流畅，平易上口，亲切感人。

闽南话系民歌的歌唱内容涉及面相当广泛，有童谣、情歌、叙事歌、祭祀歌、劳动歌。

闽南话系民歌演唱时伴奏乐器通常是弦乐器，如壳仔弦（椰胡）、大筒弦（大贡弦）、铁弦仔（鼓吹弦）、月琴、三弦等，很少采用戏剧常用的吹奏乐器或打击乐器等。民歌的演唱随着场面的不同，可以一人清唱，一人唱一人伴奏，或一人唱兼伴奏，一人唱小型乐队伴奏，众人齐唱等多种形式。

客家人为汉民族的一支，其祖先大多原是古代中原的世家大族，西晋以后，因战乱不断，逐渐大批南迁，定居在两广、江西、福建、台湾一带。福建的客家人主要分布在闽西的长汀、上杭、武平、永定、宁化、清流、归化和连城，闽北的邵武、光泽、建宁、泰宁、将乐、顺昌。台湾的客家人分布在桃园、新竹、苗栗、台中、南投、高雄、屏东、台东、花莲等县。随着客家人的迁徙，客家方言、风俗有差异，各地的民歌也不尽相同。据近年学者研究，福建闽西的客家民歌与台湾的客家民歌，有密切的渊源关系。

客家人的民歌曲

四武将（台湾）

歌仔戏演出（台湾）　摄影/梁希毅

调，富于传统的中原文化精神，有悠扬豪迈的北方气质，又兼具婉转柔畅的南方特性。客家人在漫长的辗转迁徙中，形成了繁多的民歌曲调，目前主要有“九腔十八调”。九腔为海陆、四县、饶平、陆丰、梅县、松口、广东、广南、广西腔；十八调为平板、山歌仔、老山歌、病子歌、初一朝、怀胎曲、十八摸、苦力娘、送金钗、思恋歌、洗手巾、剪剪花、陈士云、上山采茶、瓜子仁、跳酒、桃花开、十二月古人。

客家人的民歌所反映的生活内容相当广泛，有爱情、劳动、家庭、爱国、祭祀、歌颂、饮酒、戏谑、相骂、催眠、嗟叹、劝善等多种。

客家民歌曲调比较自由，装饰音和半音较多，可依唱者音域的不同、中气之长短，歌词内容的变化，以及因时、因地、因人、因事而灵活调整曲调。并且经常是随口对答，出口成歌。客家民歌虽具有多变的唱法和唱词，但每首歌词绝大多数是七字四句，而且每首歌在短短的28字中，要表达一个完整的意思。客家民歌还讲究平仄韵味，常常使用谐音和双关语来表达思想感情。

除了民谣小调以外，客家山歌本身往往没有乐器伴奏。因为山歌本来就是随时随地由唱者即兴而唱，这边唱，对面山或对面河的人来合，声大韵好。现在的山歌则常有配乐，主要乐器有大管弦、芙弦、义弦、三弦、铁弦、洋琴、大小锣、通鼓、拍板、班鼓、铙钹等。

闽台自古以来民众喜热闹爱看戏。昔时，未有戏院，演戏均在庙庭或旷野之间，锣鼓一响，男女老少趋之若鹜，虽在数里或数十里外，也不以为远。早在南宋时，刘克庄就描写了莆田观戏的盛况，“儿女相携看市优”；（刘克庄：《后村先生大全集》卷10《田舍即事十首》之九）“空巷无人尽出嬉，烛光过似放灯时”；（同上书卷21《闻祥应庙优戏甚盛二首》之一）“昨日人趋似堵墙”；（同上书卷22《无题二首》）“抽簪脱裤满城忙，大半人多在戏场”。（同上书卷21《即事三首》其一）闽南漳州一带，演戏之风也十分盛行，并对社会产生很大影响，故遭到一些道学家的反对。庆元三年（1197年）陈淳《上傅寺丞论淫戏》曰：“某窃以此邦陋俗，常秋收之后，优人互凑诸乡保作淫戏，号‘乞冬’。群不逞少年遂结集浮浪无图数十辈，共相唱率，号曰戏头。逐家裒敛钱物，豢优人作戏，或弄傀儡，筑棚于居民丛萃之地，四通八达之郊，以广会观者；至市廛近地，四门之外，亦争为之，不顾忌。今秋自七、八月以来，乡下诸村，正当其时，此风在在滋炽。”（陈淳：《北溪大全集》卷47）

明末清初，闽人大量迁居台湾，把演戏看戏之风也带到台湾。清代，台湾演戏、看戏之风甚炽，“神祠、里巷，靡日不演戏，鼓乐喧阗，相续于道”；（朱景英：《海东札记》卷3《记气习》）诸罗县“演戏，不问昼夜，附近村庄妇女辄驾车往观，三五群坐车中，环台之左右。有至自数十里者，不艳饰不登车，其夫亲为之驾。”（周仲：《诸罗县志》卷8《风俗志》）

闽台民间戏剧演出可分为定期和不定期两大类，定期演出主要是岁时年节、四时神诞，不定期演出主要是婚娶、祝寿、诞子、中举、升官、发财、乔迁、还愿等喜庆，但有时丧事、凶事、惩罚等也有演戏的。

艺阁（台湾）　摄影/梁希毅

节日演戏大都在除夕到正月、元宵、七月十五至月底、八月十五等。闽台一些地方，每到除夕，有演出“避债戏”的风俗。何瘦仙《东越岁时纪》载：福州“南台有尚书公庙，香火

芗剧《昭君出塞》（福建）　摄影/林瑞红

极盛，除夕演戏彻晓，负逋者辄往观剧，假此作避债之台。”如债主进庙找债户，就会被肩连肩、胸靠背的“观众”轰出去，还要挨众口臭骂。故尚书庙除夕演戏，专供躲债的穷人看，人称“躲债戏”。到了初一天亮，双方见面“恭喜”、“发财”，谁也不敢说还钱讨债。清代，台湾也有“避债戏”。许南英《窥园留草·台湾竹枝词》有《避债戏》诗云：“本来国宝自流通，每到年终妙手空。海外无台堪避债，大家看戏水仙宫。”台湾搬演避债戏，多聘“乱弹”。“避债戏”从大年三十晚上开始演出，一般在寺庙中，附近欠债难以偿还者就到寺中看戏避债，待过了年关，债主就不再逼债。

新年伊始，元旦、元宵节的演戏是最为热闹的。演戏自娱娱人，颂祷吉祥，还能得到赏赉，故人人乐为之。福建平和县元旦，“诸少年装束狮猊、八仙、竹马等戏，踵门呼舞，鸣金击鼓，喧闹异常。主人劳以果物，有吉祥之家，所劳之物，倍厚于常。”（康熙《平和县志》卷10《风土志》）往后，一年之中一般逢节日都有演戏的活动。其中七月初一至三十日止，各村庄普度者相续不绝。“日夜演戏，有四五台相连者”。（《台南文化》旧刊第8辑第3412页）《安平县杂记·风俗现况》云：“七月普

平安大鼓（台湾）　摄影/焦红辉

度，普祭阴魂，演唱地狱故事。”这里的“地狱故事”就是《目连救母》，据说全剧要连演七夜才能演完。八月十五除祭报土地神一定要演戏外，还有“山桥野店，歌吹相闻，谓之社戏”，（范咸：《重修台湾府志》卷13《风俗·岁时》）康熙《诏安县志·岁时民俗》也有相同记载。到了“九月十月之交，农事告成，乡间迎神演戏”。（何瘦仙：《东越岁时记》）

除年节外，凡遇四时神诞，各地亦搬演杂剧，以祭神、酬神、娱神、媚神。“凡寺庙佛诞，择数人以主其事，名曰头家；敛金于境内，演戏以庆。乡间亦然。”（王瑛曾：《重修凤山县志》卷3《风土志·风俗》）

“遇神诞请香迎神，锣鼓喧天，旌旗蔽日，燃灯结彩，演剧连朝。”（乾隆《长泰县志》卷10《风俗》）

据《安平县杂记·节令》载（以下未注明出处者，均见于此书节令）：正月“初九日，玉皇上帝诞，……演线戏（傀儡名曰线戏，祀玉皇以此为大礼）、大戏”；“是日，各庙宇均一体庆祝，就境内鸠金，供演戏、牲牢、祭品之用”。正月“十五日，上元佳节，天官大帝诞，人

出巡（台湾）　摄影/梁希毅

家及各庙宇……演大、小戏”。闽台绝大多数人都从事垦殖，春耕秋收是关系年成丰歉的大事。为祈求土地神保佑，“二月二日，各街社里逐户鸠金演戏，为当境土地庆寿。张灯结彩，无处不然，名曰：‘春祈福’”；“中秋，祭当境土地，张灯演戏，与二月二日同。春祈而秋报也”。（范咸：《重修台湾府志》卷13《风俗・岁时》）道光《厦门志》卷15《风俗记・岁时》亦云：二月“初二日，街市乡村敛钱演戏，为各土地神祝寿”；八月十五“街市乡村演戏，祀土地神；与二月同，春祈而秋报也。”二月“初三日，文昌诞，……有备牲牢、酒醴演戏者。”三月二十三日，妈祖诞辰，闽台数以百计的妈祖庙举行隆重庆典，并演戏连台，经日不息，以示庆贺。六月“二十三日，火神诞。自六月初一起，郡中各街境，排日到庙设席演戏庆祝，至月终方止。”“士子以七月七日为魁星诞，多于是夜为魁星会。各塾学徒竞鸠资备祭品以祀，亦有演戏者，欢饮竟夕，村塾尤甚。”

闽台民间神灵众多，据粗略统计，一年之中神诞日竟达二三百天。每逢神灵诞辰，奉祀该神灵的乡村里巷纷纷筹集资金，演戏酬神。因此上述神诞演戏只是闽台大区域范围普遍有的，而小区域范围的演戏则不计其数。不定期演戏则随时随地都可进行，名目繁多，不胜枚举，兹略述其中比较常见者。闽台地区富贵之家婚娶、贺寿、诞子演戏的相当普遍。如福建莆田、仙游一带，每当新婚之喜时演戏，在“透场”之后，要加演“送子”，剧情是台上走出两只小羊，手持写着“麒麟送子”的灯笼，分左右站立。接着是三及第、张天师、临水夫人、土地公、婆姐妈等相继出场，在台上绕了一圈，然后由三及第唱一曲《一江风》下场。台湾和

进香（福建）　摄影/梁希毅

闽南在婚娶时要演“新娘戏”，又名女事戏，必须日夜演，伙食归主人负责。扮演状元的艺人，于第二天还要往探新娘房，新婚夫妇须赏给“红包”礼钱。

丑角戏（福建）　摄影/梁希毅

台湾和闽南的梨园戏倘遇主家是为寿诞演戏，起鼓后定要“贺寿”。贺寿有大小之分。小贺寿即表演八仙庆寿场面。因梨园戏只有七个脚色，扮八仙缺一个，就由其中一个脚色手上抱“孩儿爷”凑数。大贺寿场面热闹，有宾白、唱词。由李铁拐登场引各仙上，最后以“弄仙姑”（李铁拐戏弄何仙姑的表演）结束。

闽台地区有的乔迁也要演戏。莆田、仙游更是规定新屋落成演戏要加演“弄五福”。即演员扮演福禄寿三星，加上喜神（女）、财神（男），上场后唱《点绛唇》。

除喜庆演戏外，一些地方还有丧事、凶事也演戏的。早在明清时期，闽台就有丧葬演戏的习俗。福建“丧礼尤多非礼罔极之费，……初丧置酒召客演戏喧哗以为送死之礼”。（道光《重纂福建通志》卷56《风俗》）“台俗：赛会，出丧，常招妓装扮杂剧，名为‘台阁’；冶容诲淫，败坏风俗”。（《台湾关系文献集零》卷16《台阳集》）丧葬演戏陋俗遭到世人的反对，如吴增在《泉俗激刺篇》中痛斥“丧戏”曰：“流俗是非太倒置，作大功课竟演戏，大小班，无不备，男女眷，无不至，嬉谑笑言，嫌疑叵避。毫无哀痛心，大有欢乐

庙前表演（台湾）　摄影/焦红辉

意。”

闽台的傀儡戏有浓厚的迷信色彩。如台湾北部的傀儡戏多在灾祸的现场，如车祸、火灾、自杀等现场演出，以达到祛邪避凶。因此演出的戏码大多是神怪或传统的北管戏，如《桃花女斗周公》、《蝙蝠精闹宋朝》、《西游记》、《宝莲灯》等剧目。

八家将（台湾）　摄影/焦红辉

在家族内部管理中，对于违犯家族规条的族人进行处分，也有罚以出资演戏的。如华安县都乡的唐氏家族，制定了祠堂保护规则。其中载云：“祠堂及祖先妥灵之处，务宜清净，内外不得放养畜类以及不准夏秋收谷至于晾晒衣物等事，如有不顾礼法侮慢族长咆哮祠堂者，族房齐集公罚戏一台，若再顽抗，呈官究治”。（华安《汤山唐氏族谱》（不分卷））祠堂还有一些家族为了保护水利设施、山林，也定下族约：“如填筑莲池、斫伐林木，及锄削后岸，公议罚戏一台。”（该族约碑文抄件藏厦门大学历史研究所）台湾嘉庆十七年新兴宫福德祠重修碑记云：“一、禁庙埕及两道巷路，虽是公所不许堆积污秽，如有不遵规约，罚戏壹台。”

此外，闽台各地区还有各种各样的演戏活动。如地方“有公禁，无不先以戏者”；（周仲:《诸罗县志》卷8《风俗志》）生子弥月、四月、周岁，要请客演戏；民众祈求获灵应后，还愿要演戏，俗称“酬神戏”或“还愿戏”；庙宇的落成要演戏，俗称“告竣戏”；神像的点眼开光要演戏，俗称“开光戏”；祈雨时要演戏，俗称“祈雨戏”；瘟疫流行时要演戏，俗称“贡王”或“平安戏”。总之，名目繁多，不一而足，这里就不一一具体介绍了。

闽台演戏自宋以来就采取“敛钱演戏”、“醵金演戏”、“鸠资演剧”的方式，“有平时悭吝不舍一文，而演戏则倾囊以助者。”（周仲:《诸罗县志》卷8《风俗志》）这为戏曲的演出奠定了雄厚的经济基础，不少人为糊口谋生而加入被人歧视的“戏子”队伍，使各地戏班数量不断增加。戏班每到一个地方演戏，东家必须招待吃住，并给予戏资。故哪里一有演戏的需求，戏班往往蜂拥云集。如“在闽南一些地方，于农历七月初四日和七月廿三日，有专演‘三出头’答谢神佛的习俗。届时经常有10多戏班同在庙前环搭戏台，户主们都群集庙前与班主议价上演，多者2元，少者0.5元，每天演出多至300多场次”。（《中国戏曲志·福建卷·演出习俗》）有的戏班为了多赚钱，在演出旺季时，一天要赶好几个地方，演好几场戏。如“台南市六月，白龙庵王爷出巡，七月普度起八月中秋至，每日可赶三四处”。（许丙丁：《台南地方戏剧变迁》一）

闽台许多地方在迎神赛会时，往往聘请两个或两个以上的戏班唱对台戏，俗称“斗对”。观众通过近似残酷的斗戏，形成优胜劣汰的竞争，以此促使演员苦练基本功，提高表演水平，增加保留剧目，争聘有才华的演员，加强戏班的实力。如南靖金山乡每年九月半都演戏酬神，每到农历九月十一日，乡里便搭起四个彩棚。当天中午，四棚戏班化装停当，便举行“抢头香”仪式，抢得头香的戏班先开台出戏。接着，每天上午九时开鼓演戏，除吃饭稍事停顿外，七个昼夜不得间断，所演剧目不得重复，以示阵容整齐，演技精湛。斗戏的结果，每有个别棚下没有观众，就表示这一棚戏班斗戏失败。闽西南、潮汕地区的戏班，每以在金山埔斗戏得胜为荣，声价鹊起。斗戏还采取对台截台的形式。对台演出开始时，由东家集中乡里大锣十多面敲打助威，坐观好戏。两班各不相让，都将三寸“梅花钉”将桌裙钉死，化妆室严加封闭，不让对方窥看，只好互相猜测。演出中，竞争十分激烈，彼此常以“截戏”制服对方。如甲方演关

毽子（台湾）

踢毽子的小玩偶（台湾）

公戏很拿手，乙方就演《走麦城》关公死了，迫使关公戏演不成。另外一种办法是不让“翻上”。如乙方演明朝的戏，甲方就演“崇祯上煤山”，乙方就不能演明朝以前的戏。如果演了宋朝的戏，观众就喝倒彩，向戏台贴“白字诗”，乙方就输了。

闽台是全国地方戏曲剧种最丰富的地区之一。据《中国戏曲剧种手册》记载，各省主要地方戏曲剧种，山西省有23个，福建有22个，居全国第二位。由于明清福建向台湾的大量移民，移民带去了各自家乡的戏曲，作为怀念故土、向往家乡的感情寄托。因此，福建地方剧种在台湾几乎都能找到它们的踪迹。

闽台戏剧繁荣不仅表现在地方剧种多，而且各地演出团体，如班社剧团等数量多规模大。如康熙三十四年（1695年），莆田一县就有戏班28个。（陈鸿:《莆靖小纪》）清乾隆二十七年（1762年），在莆田县北关外头亭瑞云祖庙“志德碑”上署名的戏社就有32个。清光绪至宣统间（1875—1911年）莆仙的戏班发展很快，当时莆田、仙游二县共有150多个戏班。（《中国戏曲志·福建卷·班社概述》）本世纪二十年代末至三十年代间，歌仔戏在台湾和闽南风靡一时，各地纷纷成立许多歌仔戏班社，仅龙溪县就有班社、歌馆200多个。根据《中国戏曲志·福建卷·班社概述》中各班社人数估计，一般规模的戏班人数大约在30—40人左右，规模大者则达60—70人，规模小者也有20人左右。闽台民众爱看戏，就像肥沃的土壤，滋润着戏曲之花，使之生长繁茂，百花争艳。为适应不同方言区和各种民间活动的需要，众多剧种、剧目应运而生。如“酬神唱傐傀（傀

踢毽子比赛（台湾）

祖孙耍陀螺（台湾）

儡）班，喜庆、普度唱官音班、四平班、福路班、七子班、掌中班、老戏、影戏、车鼓戏、采茶唱、艺妲唱等戏，迎神用杀狮阵、诗意故事、蜈蚣枰等件。”“七月普度，普祭阴魂，演唱地狱故事。”（《安平县杂记·风俗现况》）

儿童游戏具有很强的时代性，近二三十年来，随着科技和社会的进步，往昔极富民俗风情的儿童游戏几乎要全部消失，代之而来的是电子游戏机、玩芭比娃娃过家家。儿童游戏也较具有地域性，除跳绳、踢毽子成为体育运动，风靡全国外，其余大部分游戏还是具有不同程度的乡土气息。在寻常百姓的庭院，在街头巷尾的空旷地，在乡村的晒谷场上，经常都可见到三五成群的小孩快乐地在玩各种游戏。

拍纸牌，闽南话称为“伊仔标”。其玩法是小孩子们从玩具店（旧时杂货店经常兼卖）买回印有十二生肖或三国、隋唐时代人物的纸牌。玩时把纸牌摆在桌子上或地上，双方用纸牌轮流用力掷拍对方纸牌，直至打翻对方为胜。输者此张纸牌就归赢方，再拿出另外一张纸牌继续掷拍。有的儿童因经济困难买不起纸牌的，就用纸摺成六角梯形的纸拍子代用。另一种玩法是把长方形的纸牌，各从桌端向另一面桌端用力拍打，以拍打的近远为输赢，但不能打落桌下，落桌下者输。

跳年又称跳框，玩时先在地上画两排六个方格，每个方格约二尺四方。每一格谓一年，注以一二三四五六的记号。然后小孩子们轮流把小瓦片掷向格内，再用单脚踢入其次的格内，踢进一格用单脚跳进一格，直至踢完全部方格算赢一轮。踢时瓦片不得踢到格外或触及所画的格线，如出现这种违规情况就要停止，换下一个小孩继续进行。违规者站在旁边观看，等到下一次轮到自己时，再继续自前次停止的格开始跳。这种游戏的输赢是看谁先跳完六格，赢者打输者的手掌。

一把抓，闽南话称拾部。一把抓所玩的五个子儿，有多种材料。最简易粗陋的就是拾五个龙眼果核大小的小石子，讲究点的用木制的象棋或军棋子代替，有的还用形状各大一点用布缝的小沙袋子作子儿。玩一把抓时把五个子儿握在手中，四个掷在桌上或地上，而后把手中所剩一个往上抛，迅速拾取桌子上或地上的子儿。每一次拾子儿都要经过这种“放子仔”，而后开始“拾子”，俗称“食子”。拾子儿的程序是抛上一子接着俯拾一子为“食一”，抛上一子接着一次俯拾二子为“食二”，抛上一子接着一次俯拾三子为“食三”，抛上一子接着一次俯拾四子为“食四”，最后抛上一子接着俯拾对方选定的两子，再把其余两子叠高，为“食五”（“食五”有的或以五子全数往上抛而后用手承受，而以承受的子数为得点）。如此“食一”至“食五”一次顺利完成者为赢一轮。赢者可打输者的手掌。

吹田蛙，闽南话俗称喷田蛤子。所谓田蛙即用纸摺的青蛙。所摺的田蛙因纸的大小、厚薄不一，各人的摺法不同，其形状大小也各不相同，有四眼的，有嘴大的，也有脚大的等。游戏的方法是双方相对，用口吹动自己摺的田蛙，使其冲倒对方的田蛙。被冲倒者输，所冲倒的田蛙即归赢方所有。在这种游戏中，胜败不在于所摺田蛙的大小，而在口吹的技巧和力度上，吹得好，虽是小蛙也会冲倒大蛙。

捉迷藏是儿童经常玩的一种简单游戏，具体玩法又有几种：一是以拳算决定一人做鬼，一人做公道人。公道人用手蒙住鬼的双眼，而叫参加游戏的孩子们中的一人站在鬼的前面，让其猜是何人。如被猜中，被猜中者替而做鬼，猜不中，重新再猜，直至有被猜中者。每次猜中猜不中，公道人都要放开手让鬼看清楚。二是亦以拳算决定一人为鬼，做鬼者面对一柱前，闭目念算一百，其余孩子们乘此期间四处藏匿。做鬼者念算一百后，睁眼四处寻找，如找到一个藏匿者，即更换做鬼，游戏重新开始。做鬼者寻找期间，有机灵者乘机占柱者，即幸免躲过做鬼者的捕捉。三是以拳算决定一人为鬼后，即用手帕蒙其两眼。其余孩子们连拉后裾排成一列，最前一人设法阻挡鬼役捕捉，后者跟其走动。如后者任何一人被捉，即更换做鬼。

闽台地区除了上述比较常见的儿童游戏外，还有一些玩虫类的娱乐颇受孩子们喜爱，并富有乡土气息。

夏天，常见孩子们用一长线缚一只小金龟，让其旋转飞翔，得以取乐为快。

小金龟为甲壳虫类，状似龟，颜色青黄鲜艳，故曰金龟。飞时形状甚美，且有悦耳微声。夏天一到，树木茂盛，蝉鸣其上，其声嘹亮悦耳。孩子们往往用粘胶或网袋捕捉之，装于纸盒中玩耍。

除此之外，蟋蟀类的昆虫也是儿童们喜欢的。最常见的是孩子们到田野里找蟋蟀，挑其健壮硕大者养于竹筒或纸盒，喂以蕃薯叶或埔姜叶。斗蟋蟀时，两端各放一只，相逢即斗，以决胜负。有些地方的农村小孩还以捕捉土马仔（又称肚白仔，状似蟋蟀）为乐。他们找寻田野旷土之中的土穴，以水灌注之，迫使土马仔出穴，然后捉而玩之。他们也以捉土马仔作为一种竞赛，以捉多者及大者为胜。

闽台儿童还喜欢饲养蚕，蓄于纸盒，以桑叶饲之。平时观察其由幼虫历经几次脱壳长大，最后由蚕变成蛹，由蛹变成蚕蛾，蚕蛾交配产卵后死去。蚕变蛹之际，会吐白黄蚕丝，可将其放在扇面上吐丝，即织成一面天然丝扇。

郑重声明

本书在征稿、编辑过程中由于时间仓促，未能与部分图片的作者联系上，无法在图片上署名，我们深表歉意。本书使用的部分图片选自台湾地区大威出版社编辑出版的《台湾民俗大观》等书。请图片作者与我们联系，我们将及时奉寄样书和稿酬。

编者

二OO八年七月

图书在版编目（CIP）数据

源与缘：闽台民间风俗比照/焦红辉主编. 方宝璋撰稿—福州：海风出版社，2007.11

ISBN 978-7-80597-747-8

I.源… II.焦… III.风俗习惯—对比研究—福建省、台湾省 IV.K892.45

中国版本图书馆CIP数据核字（2007）第182951号

源与缘：闽台民间风俗比照

主　　编：焦红辉

副 主 编：胡国贤

撰　　稿：方宝璋

责任编辑：刘　克

文字编辑：胡立昀

图片资料：李东晔　周雨薇

出版发行：海风出版社

(福州市鼓东路187号　邮编：350001)

出 版 人：焦红辉

印　　刷：福州青盟印刷有限公司

开　　本：787×1092mm　1/16

印　　张：16印张

字　　数：120千字

印　　数：1-2000册

版　　次：2008年7月第一版

印　　次：2008年7月第一次印刷

书　　号：ISBN 978-7-80597-747-8/Z · 123

定　　价：78.00元